L'Annunciata

Hubert de Pochard

Du même auteur

O.Blady, O.Blada (sous presse)
La moustache de Kennedy (en préparation)

L'Annunciata
Antonello da Messina (c. 1476)

Je n'ai aucun problème avec la théorie de l'évolution de Darwin.
La question n'est pas de savoir si l'homme descend du singe.
C'est de savoir s'il y retourne !

Hubert de Pochard, IIe du nom
1806-1872

1. Hubert.

Bonjour, je m'appelle Hubert de Pochard. Je suis commissaire de police !

S'il existe à la préfecture de nombreuses divisions connues du public, quelques autres, comme la nôtre, sont beaucoup plus discrètes.

La plus connue est celle des affaires classées sans que l'on en ait déterminé l'auteur. Division également dénommée « cold crimes », façon « j'me la pète » en franglais. Personnellement, je trouve « cold crimes » barbant, pour ne pas dire rasoir : enfin, chacun fait ce qu'il veut. Dans cette division, on trouve une pléthore de professionnels de l'investigation, toujours plus que moins dépressifs, car ils ont perdu (en combinaisons variées), leur(s) femme(s), leurs enfants, leur chien, la clé de l'appartement, leur arme de service, la notice d'utilisation du micro-onde, et vivent soit dans des lofts ou des villas de pop stars décorées par Philippe Stark, soit dans des bouges infâmes de la banlieue ouest de Paris, type Neuilly, Suresnes, La Celle-Saint-Cloud, parfois même Saint-Germain-en-Laye ou Versailles.

À partir d'une crotte de nez, décelée sur les lieux du crime sous un meuble de la cuisine vingt ans après, et que personne n'avait repérée, ils résolvent (toujours) l'affaire en six ou huit épisodes de 45 min, généralement sans pub, de façon à maintenir le suspens. De toute façon, le coupable est invariablement une ancienne connaissance ; leur supérieur hiérarchique, antipathique au possible, leur collègue moins doué, qui leur tient rancœur d'avoir conquis l'amour de leur vie quinze ans auparavant : femme (quand c'en est une) qui depuis les a tous largués parce qu'elle a fait son *coming out* pour s'installer avec l'épouse du supérieur antipathique précédemment cité. Dans les cas les plus scabreux, c'est le fils bâtard de la victime, fruit véreux d'un rapport fugace entre la poire et le fromage. Veuillez noter qu'il s'agit là d'une indication temporelle et non pas d'une expression, imagée certes, mais injurieuse, pour qualifier la gouvernante et son patron.

Moi, j'appartiens à la division des affaires à classer, la DAAC (ou D2AC) pour les initiés. Il s'agit d'une agence tout à fait particulière. Nous ne sommes pas là pour résoudre les affaires (au sens ; trouver le coupable), mais pour les « régler », c'est-à-dire apporter à nos supérieurs et aux dirigeants en place une fin heureuse[1] et politiquement correcte.

Par exemple, si un personnage public se noie dans 20 cm d'eau, nous sommes immédiatement contactés. Nous recherchons, sur la base d'indices collectés sur les lieux, une explication suffisamment rationnelle, du moins en apparence, pour qu'elle puisse être gobée par la presse et ceux qui la lisent, ou ceux qui regardent les journaux télévisés et suivent les réseaux sociaux en pensant que ce sont les lieux de La Vérité. En l'occurrence, il est évident que le piètre nageur dont nous parlions précédemment avait simplement envie de faire une balade à trois heures du matin au bord d'un lac et que, stupidement, il avait oublié ; 1) qu'il ne savait pas barboter ; 2) qu'il n'avait pas de maillot de bain ; et 3) qu'il avait pris une dose massive de barbituriques. Oublis stupides aux fatales conséquences !

---

1 « Happy end », pour les incultes.

L'important dans notre métier, c'est donc de trouver une solution ou un coupable plausible, et surtout rapidement, afin qu'une affaire triviale ne se transforme pas en affaire d'État. Nous avons à notre palmarès (si on peut dire), sauvé la mise au Général, à Claude P. et Alain D., à Lady D. poursuivie par les assiduités d'un président de l'époque, et tant d'autres.

Comme nous détenons beaucoup de dossiers confidentiels dans nos placards, aucun président ou ministre n'a jamais tenté de nous faire disparaître et nous coulons une existence douce et paisible, non pas au quai des Orfèvres, mais au ministère de l'Intérieur, dans un appartement où l'on accède par une porte discrète rue de Miromesnil et d'où l'on peut ressortir par la place Beauvau ou la rue des Saussaies. Nous sommes des officiers de Police triés sur le volet, même si ça fait mal, et nous avons des états de services à faire pâlir de honte Colombo, Hercule Poirot, Jules Maigret, Simon Templar (dit le Saint), Blake et Mortimer, Miss Marple, le docteur Watson, même avec l'aide de Sherlock Holmes, Joseph Rouletabille, Isidore Beautrelet, Roger Borniche, Philip Marlowe et Sam Spade, les copains de Dashiell Hammett, Pepe Carvalho, Harry Dickson, Nero Wolfe, Perry Mason, Kurt Wallander, John Rebus, Kay Scarpetta (dite le Sein) et même Arsène Lupin. Et là…, j'abrège !

Je viens d'une famille dont les traces remontent à la Révolution. Mon grand aïeul, prénommé Hubert comme moi, et classé 1er dans la liste de mes ancêtres, a eu une vie riche en péripéties. Je vous les raconterais un jour plus en détail si nous en avons la possibilité. Il avait tendance à être porté sur la boisson. J'ai pensé, pendant un temps, que c'était là l'origine de notre nom de famille, attribué par un de ses compagnons de beuveries, mais ce n'est pas le cas !

Selon les souvenirs rapportés par la famille, il avait deux penchants, la boisson et les femmes. Le premier avait tendance à le faire s'allonger dès qu'il avait vidé nombre de cruchons, vers environ dix heures du matin. Le second penchant portait naturellement son sinus caverneux à se redresser. Il pouvait ainsi proposer sa raideur à n'importe laquelle, pour peu qu'elle soit proprette. Cela avait dû lui arriver souvent, compte tenu du grand nombre d'enfants qui lui est attribué. Comme il était éthylisé la majorité du temps, il ne se souvenait jamais ni où était sa famille ni qui était sa partenaire de la veille, voire du jour. Ce n'était pas vraiment important ; elles non plus !

Malheureusement, ses activités œnologiques et de services rendus à la patrie[2], réalisés dans un état proche de celui d'un yuppie sous un cocktail d'amphétamines et de cocaïne, l'avaient entraîné, à l'insu de son plein gré, dans la couche d'Éléonore Duplay, la compagne de Maximilien Robespierre.

C'est bien connu, une des qualités de Maxou, c'était son humour ! Les découvrant nus dans son propre[3] lit, tout d'abord il pleura avec elle sur son infidélité, bien qu'elle lui ait assuré que ce qu'il voyait ne correspondait en rien à ce à quoi il pouvait penser[4]. Il les envoya ensuite à la conciergerie pour une coupe de cheveux préalable à un raccourcissement, non plus capillaire celui-là. Par chance, le bon patriote en faction ce soir-là était un de ses compagnons de beuverie, qui le tondit entre deux verres

---

[2] Rappelons qu'à l'époque les allocations familiales n'existaient pas et que faire des enfants servait principalement : 1) à les faire travailler à la place de leurs parents, 2) à les vendre pour qu'ils travaillent pour quelqu'un d'autre, 3) qu'ils fassent de la chair à canon, car celle des saucisses n'était pas à la mode dans le monde militaire, et 4) à entrer dans les ordres. Il est également utile de rappeler que l'entrée dans les deux dernières catégories était beaucoup moins profitable que celle des deux premières. De plus, l'anticléricalisme qui avait commencé à se développer bien avant la Révolution française a fait, avec la guillotine, considérablement décroître le nombre de rejetons devenant ecclésiastiques.

[3] Plus vraiment propre !

[4] Il est vrai que Maxou avait d'une imagination débordante.

(six ou sept peut-être !), et le fit sortir par la porte de derrière en le priant de quitter rapidement Paris s'il souhaitait que sa tête ne se retrouve pas dans le panier avec les cheveux qu'il venait de lui couper.

Hubert partit sans Éléonore pour les Antilles où il fit rapidement fortune comme testeur de rhum. Le nombre de Pochard à la Guadeloupe et à la Martinique démontre que ses inclinaisons initiales n'avaient rien perdu de leur force et de leur vigueur suite aux difficultés de la route du rhum.

Fou de rage lorsqu'on lui apprit l'évasion d'Hubert, Maxou instaura la terreur dont on connait les tragiques conséquences. L'histoire ne nous dit pas précisément ce qu'est devenue Éléonore. Il paraitrait qu'elle aurait cuvé son vin pendant un certain temps dans les bouges parisiens, puis qu'elle aurait finalement rejoint Maxou pour lui tirer une balle dans la mâchoire parce qu'il voulait la renvoyer en prison. Rien n'est vraiment confirmé !

Un peu plus tard, après que le corse ait pris le pouvoir, Hubert, maintenant très riche, était revenu en France, et avait acheté un petit domaine du côté de Beaune, dont il avait utilisé le nom pour s'en faire un propre. Le domaine de Pochard, et beaucoup d'écus (je ne suis pas certain de l'orthographe d'écus), avaient apportés de la noblesse à Hubert, 1ᵉʳ du nom ![5]

---

[5] La suite au prochain numéro.

Hubert de Pochard

2. Le juge des Proges.

Comme chaque année, je m'astreins aux gardes de Noël et du jour de l'An. J'adore ! Certains se marrent chez les Huns ou les Itimares[6], et d'autres se font (par chance rarement) trucider par des esseulés en manque d'amour. Pendant ce temps, nous sablons le champagne (et pas seulement) au bureau, et à l'aube nous roulons vers chez nous complètement défoncés à l'EtOh, l'estomac saturé de toasts d'œufs de lump et d'ersatz de foie gras. Bref, en général, ce sont des soirées tranquilles, et compte tenu du fait que je ne suis pas marié et que je ne vois ma compagne de cœur que lorsqu'elle est libre de charges de famille, les nuits à Beauvau ont un charme que je ne partagerais avec personne.

Sur le coup de 9 h du matin, le téléphone du bureau stridule l'air de l'acte 1 de la flute, « O zitt're nicht, mein lieber Sohn [7] »[8], à la fin de duquel je décroche.

- Oui ?
- Crrrru… shhiiiiiiit… Reccccc… Braaaaa… Greeeee… Crac… Boum… Hue… !

---

[6] Les « uns et les autres » chez les historiens spécialistes des Mérovingiens.

[7] Ne tremble pas, mon fils chéri !

[8] Die Zauberflöte, K620 de Wolfgang Amadeus Mozart.

Manifestement, il utilise un portable : je ne comprends rien à ce qu'il me dit !

- Je suis dans un tunnel, lui dis-je ; parlez plus fort !

En fait, c'est le sous-chef de cabinet du ministre de l'Intérieur, qui a autant d'humour que Maxou[9]. Il peut cependant difficilement râler puisque son supérieur est mon meilleur ami. Il m'indique sèchement que le juge des Proges a été trouvé mort.

- Drôle de découverte, ça vaut un Nobel ! fais-je, mais manifestement il n'apprécie pas ma forme d'humour décalé.

Il m'explique qu'ils ont reçu il y a quelques minutes un appel leur décrivant les circonstances de cette découverte. Lorsque j'ai suffisamment d'informations, j'éloigne le combiné de ma bouche en baissant la voix, dans un fade out[10] du plus bel effet et je raccroche.

- Appelez-moi l'Aztèque dare-dare !

Celui que j'appelle l'Aztèque, ou Ata suivant l'humeur, est un Sud-Américain, nommé Atahualpa, qui nous a rejoints il y a quelques années. Il est arrivé en France dans le cadre d'une collaboration avec la police bolivienne pour le démantèlement d'un réseau de trafic de flutes de pan et de bonnets à oreilles qui tombent. Il faut préciser que ces fameux bonnets ont servi en toute légalité[11] pendant des années de moyen anti-contraceptif, car ils ont montré une grande efficacité, équivalente à celle des cachets d'aspirine[12]. Rappelons

---

[9] Robespierre ; faut suivre !

[10] 135 € d'amende ! Loi n° 94-665 du 4 août 1994.

11 Rappelons que pendant très longtemps la pilule a été interdite et que seules les capotes (dites anglaises) étaient autorisées à la vente exclusive aux majeurs.

également que dans ce registre il existe : les bigoudis sur la tête, le célèbre et très efficace « pas ce soir, chéri, j'ai la migraine », les dessous en pilou du catalogue 1954 de la Redoute, les gaines diverses et les bandages herniaires, les blennorragies et autres MST, ainsi que « last but not least », les champignons qui se développent dans les lieux humides.

Pour en revenir à Ata, nous l'avons trouvé si sympathique et si compétent que pour le garder nous faisons trainer cette enquête, en lui trouvant sans cesse de nouveaux rebondissements. Le problème majeur de l'Aztèque est qu'il est marié à une dénommée Elsa. Elle est née dans le sud de la France de parents très colombiens, et est nageuse de haut niveau. Cette Ondine des bassins olympiques au physique de bolchévique hypertestostéronémique est d'une laideur indescriptible et Ata est vis-à-vis d'elle d'une jalousie maladive. Comme tous les Sud-Américains colombiens mâcheurs de coca, il a toujours peur qu'Elsa coïte[13] avec un fâcheux qui lui montrerait son serpent à plumes[14]. Compte tenu du physique plutôt grassieux[15] de l'ondine, je voudrais bien voir la gueule du toltèque qui envisagerait de partager sa semence avec l'andine de la Gourgue[16], acte pouvant conduire à la conception d'un métis indéterminé ou, au mieux, à collecter des informations sur la mythologie mésoaméricaine, dont elle est, par sa constitution même, une des plus caractéristiques représentantes.

---

12 Pour le mode d'emploi des cachets d'aspirine dans cette utilisation, écouter : « Les hallucinations d'Edouard », Edouard, 1966.

13 Notez l'homophonie, s'il vous plait !

14 Aussi connu sous le nom de Quetzalcoatl.

15 Compte tenu des mensurations d'Elsa, je trouve que grassieux avec deux s (voire plus) est plus proche de la réalité qu'écrit avec un c.

16 Arrondissement de Bagnères-de-Bigorre

- Bonjour Padron, dit l'indigène en arrivant. Que se passe-t-il ?
- Venez, nous partons sur les lieux d'un présumé crime. C'est du lourd ! Je vous raconte tout dans la voiture.

Et nous voilà partis pour de nouvelles aventures !

Dans ma voiture (un cabriolet Dyna Panhard luxe de 1957, quelques millions de kilomètres au compteur, arbre à cames pas en tête, comme tout véhicule d'officier de police qui se respecte), je lui explique les circonstances possibles du crime :

- La concierge a informé la police qu'elle venait de trouver entrouverte la porte de l'appartement du juge des Proges, une sommité de devant les barreaux, et son corps affalé dans un fauteuil. Cela s'est produit rue César Franck, dans un immeuble bourgeois du 15e arrondissement de Paris. Les agents envoyés sur place ont confirmé que la porte de l'appartement était entrebâillée, mais n'avait pas été forcée, et après être entrés, ils ont découvert le juge des Proges, assis dans son salon, tournant le dos à l'entrée. Je n'ai pas d'autre information.
- Vous le connaissiez, Padron ; me demande le conducteur de lama ?
- Oui, je vous en parlerai plus tard ; dis-je surtout pour l'empêcher de parler !

Le pied dans la police, c'est de pouvoir stationner n'importe où. Je ne m'en prive pas, je me gare à moitié sur le trottoir, à moitié sur la chaussée.

La rue César Franck est située entre le boulevard Garibaldi et l'avenue de Breteuil. Ce coin du quinzième arrondissement de Paris est très différent des autres parties de ce quartier. Elle est bordée d'immeubles bourgeois ; il n'y loge que peu de bureaux ou d'officines ministérielles. C'est une rue peuplée de gens comme vous et moi (plutôt comme vous, moi je préfère le 17e) qui travaillent et vivent là. Quelques commerces, mais peu, l'essentiel seulement. Si l'on veut tuer quelqu'un dans ce quartier, pas de problème, on a peu de chances de se faire remarquer. Il n'y a jamais personne ! Un assassin, si meurtre il y a, peut venir et repartir sans susciter le regard de quiconque. Ici, même une voiture apparaît comme une intruse dans le calme apparent.

Nous entrons dans l'immeuble dont la porte est ouverte et trouvons un planton au bas de l'escalier.

- Bonjour collègue, dis-je amicalement au préposé à la surveillance des scènes de crime.
- Bonjour Commissaire. Mon collègue garde le cinquième, répond-il humblement.
- Très bien !

Et je pénètre dans l'ascenseur en entraînant le mangeur de Chiguiro[17] sur mes pas.

Le planton au cinquième a l'air abruti de celui qui a passé le réveillon davantage avec des bouteilles qu'avec des amis. Nous sommes déjà le 24 décembre, et le monticule de cannettes de bière dans le sac derrière la porte entrebâillée démontre que j'ai raison.

L'appartement est grand, aéré, chaque pièce possède un volume important. Il y a des livres partout, en piles le long des murs, sur des étagères, dans des cartons, sur et sous les tables et les sièges. Au milieu d'une pièce qui aurait pu être un bureau, une salle à manger, une chambre à coucher, mais surement pas la salle de bain vu le manque de robinets, le corps d'un homme d'une cinquantaine d'années est affalé

---

[17] Plat typique colombien (comme l'Ajiaco, le tamal ou le dulce de leche)

dans un fauteuil. Il a une brosse à cheveux emprisonnée dans une épaisse tignasse. Que l'on cherche à assassiner quelqu'un avec une brosse à cheveux me parait tiré par les tifs ! J'aurais pu dire bizarre, mais quelqu'un l'a dit avant moi !

Dans le séjour, à part les livres, un petit bureau avec un ordinateur allumé, l'écran en veille.

Ce qui est frappant, c'est qu'en plus des livres, il y a également un grand nombre de bronzes, lampes, faïences, tapisseries, petits meubles, pupitres, tables, guéridons, consoles, crédences, bibelots, gravures et tableaux, tous de la période 1925 – 1930. S'il y a eu lutte, ça n'apparaît pas, et de toute façon, il n'y a pas la place pour se battre. Également, les piles de livres autour du bureau et près du corps, toujours debout, confirment mon intuition.

- Ata, examinez le corps, je vous prie, dis-je au mari de l'ondine.
- OK, Padron !

J'aime qu'il m'appelle padron avec son accent à couper un Lechona[18] en rondelles. Malgré toutes ces années, je ne me suis pas habitué au plaisir que ça me procure ! De toute façon, même si je lui demandais de m'appeler commissaire, il ne le ferait pas !

- Moi, je jette un œil sur les papiers et l'ordi.

Ata et moi travaillons pendant environ une heure avant que le légiste et les agents de la police scientifique n'arrivent. Norbert Duplessis, le légiste, est en smoking. Il est déjà prêt pour la soirée à venir, à moins que ce ne soit que sa tenue de la veille ! En tout cas, il ne sort pas de son lit !

- Alors Hubert, qu'est-ce qu'on a aujourd'hui ?
- Du perdreau froid[19], ma poule.

---

[18] Autre plat typique colombien.

Je l'appelle ainsi, car Norbert est maniéré à l'extrême, avec beaucoup de charme et de distinction, et je trouve que « ma poule », expression d'une virilité affirmée chez les poulets en tous genres, lui va bien.

En plus, sur le plan des compétences, ma poule est géniale et rapide. Je ne sais pas comment il fait, mais à partir de quasi rien il raconte ce qui s'est passé, comme s'il avait été là. Il m'épate vraiment ! Parfois, j'en arrive même à me demander si ce n'est pas lui l'assassin tant il est capable de fournir des détails sur un homicide.

Je lui résume mes impressions. Je lui indique que nous avons examiné les papiers sur le bureau. Rien que des factures domestiques. Quelques notes manuscrites également, lesquelles sont pour moi incompréhensibles. Dans l'ordi, beaucoup de PDF de documents, dont certains viennent de la Bibliothèque Nationale de France, d'autres sont des scans. À côté du PC, une imprimante multifonctions. À part cela, pas grand-chose.

Dans sa boîte mail — par chance, elle est ouverte et il n'y a pas de mot de passe pour sortir l'ordi de veille —, beaucoup de spams ou de mails provenant de sites principalement commerciaux. Il semble qu'il achetait beaucoup de livres et d'antiquités sur internet.

- Ma poule, s'il te plait, envoie quelqu'un pour s'occuper de l'ordi, et qu'il tâche d'en tirer quelque chose !
- Mon adjoint est en route, il fera le boulot, réplique-t-il, sans même me regarder.

Je n'ai plus rien à faire, alors je sors rechercher des témoignages !

---

[19] Froideur, désinvolture et éloignement face à la mort, très classiques et exagérément affichés chez les policiers.

Je me dirige vers la loge de la concierge. Un panneau indique qu'elle est dans l'escalier. Surprenant !

J'en profite pour noter les noms des habitants de l'immeuble. Au rez-de-chaussée, personne ; seule la concierge doit vivre là. Au premier ; Enzi Ferraro, au deuxième ; un dénommé Hulot, au troisième : François B., au quatrième ; maître Eckhart, avocat. Au cinquième ; le juge et au sixième ; Marie X. Une serrure à digicode, fonctionnant, semble-t-il, également avec un badge, contrôle l'entrée. C'est clair, l'immeuble ne comporte que peu d'habitants et quelqu'un qui voudrait entrer discrètement pourrait le faire aisément.

Comme je commence à ressentir le sevrage de l'alcool de la nuit, je monte voir l'ami toltèque pour lui dire que je retourne au bureau et qu'il doit m'y rejoindre quand il aura tout analysé. Si ça dure, je repasserai le prendre. Dans ma Dyna, avant de partir, je m'envoie une lampée du Big Peat bien tourbé que je cache sous le siège. Après ça, j'ai l'impression que toutes les personnes que j'approcherai penseront que je fume des allumettes ou que je suce des morceaux de bois brulés !

3. Souvenirs, souvenirs.

La dernière fois que j'ai vu le juge des Proges, c'était lors du deuxième tour de la présidentielle.

J'avais voté blanc !

Sur le chemin vers la mairie, le 7 mai, j'avais croisé le Fâcheux (c'est son nom, pas son état) qui m'avait proposé de boire un verre avant d'aller voter. Appuyés au comptoir du premier café, nous avions parlé élections. Comment pouvait-on voter pour un candidat qui s'appelle comment…, nylon, micron, dacron, orlon, picon, poivron… ? Bref, un nom de tissu synthétique ! De plus, sa femme, la polie Esther[20] n'était pas là pour faire tapisserie.

Après avoir passé quelque temps sur ces considérations tissulaires et électorales, et quelques verres de vin blanc, il était trop tard pour aller voter. Non pas que les bureaux soient fermés, il n'était que 13 h ! Mais la faim était forte, et, du coup, j'avais voté blanc, plutôt frais, et le Fâcheux aussi.

Ensuite, à l'appel du 18 juin pour les législatives, comme beaucoup, j'avais voté pour un macronyme[21]. Non pas que

---

[20] Je ne suis pas certain de son prénom !

[21] Un macronyme est une personne dont on ne sait rien du sexe, du passé, de qui elle est, d'où elle vient, de ce qu'elle a fait et de ce qu'elle veut faire, qui n'a aucun intérêt ni aucune importance connue, et pour qui l'on vote simplement parce qu'elle a rejoint le groupe politique majoritaire du moment.

j'étais emballé par le candidat de ma circonscription (ou la candidate ; qui peut-être en avait l'étoffe), ou que ma fibre politique soit si développée, mais pour donner au tissu présidentiel une majorité de façon à ce qu'il soit responsable des toiles qu'il allait se prendre. Ainsi, la réussite comme l'échec lui seraient totalement imputables et s'il ratait, il se prendrait une cotonnade et on l'éliminerait définitivement en ne votant plus, ni pour lui (le tissu) ni pour tous ceux qui seraient de la même voilure.

C'est là que j'avais retrouvé le juge des Proges !

Ce lundi matin, j'étais venu aux abords de l'Assemblée nationale pour me familiariser avec la tête des députés inconnus. On aurait dit la nuit des morts-vivants ! Une troupe innombrable, de plus 577 zombies politiques, avançait, hagarde, le regard fixe, d'une marche pendulaire, en des compositions avancées, endimanchée dans des vêtements anachroniques sur des dirigeants de startups Internet, inventeurs géniaux des comparateurs de prix des clous de 13, ou de sites collaboratifs où l'on peut louer ou échanger plutôt qu'acheter, par exemple des râpes à fromage[22]. De grouillants bataillons de journalistes, eux-mêmes impréparés à cette horde sauvage non dressée et indressable, vide de politique, tentaient d'arracher les pensées ou les premières impressions des fraîchement élus dont tout le monde savait qu'elles conditionneraient le quinquennat. Des questions du type :

- Vous porterez l'écharpe tricolore ?

Bref, des informations vitales pour le shangaï, le canton, le nankin, le hangzhou (ou le pékin ? je ne sais plus) moyen,

---

[22] Il est à noter que le site BlaBlaRape a été introduit en bourse pour la modique somme de 776 millions d'euros. Ça Rap en France, dixit Kaaris et Booba, auteurs du fameux ouvrage « Traité de dialectique aéroportuaire », Ed. *Je boxe dont je suis*, 2018.

dont je fais partie et qui laissent augurer de lendemains qui chantent… faux ! Ce spectacle consternant était devenu le buzz du jour. C'est là que j'ai vu arriver le juge des Proges, accompagné de la solution de l'équation de Schrödinger, coiffure improbable de romantique du 19e (siècle pas arrondissement) sur jabot de soie blanche :

- Bonjour, de Pochard, je vous présente mon ami Cédric Villani.

-
$$(x + a)^{577} = \sum_{k=0}^{577} \binom{577}{k} x^k a^{577 - k} ,$$

me répond-il en me tendant un bout de manche brodé d'où émerge une main.

- Ravi,
$$x = \frac{-b \pm \sqrt{b^2 - 4ac}}{2a}$$
; lui dis-je pour ne pas paraitre inculte et en lui serrant la pince.

Puis, me tournant vers le juge :

- Que faites-vous ici ?
- Comme vous le savez, je me suis beaucoup impliqué dans cette élection.

Je n'en sais rien, mais j'acquiesce. Il continue :

- Je vais voir le député pressenti pour présider la commission des lois.

Je ne sais pas ce qu'il lui veut, mais je plains le pauvre type qui va devoir se le coltiner. L'eau régale (HNO_3 + HCl), à côté du juge, c'est de la bibine. Enfin, il est vrai que je n'avais pas grand-chose à faire ce matin-là, comme tous les autres d'ailleurs, puisque par chance nos affaires ne sont pas si nombreuses et qu'elles se règlent vite.

J'avais donc passé une bonne partie de la matinée à identifier les nouveaux députés avant qu'ils ne se transforment, à la tombée de la nuit, en monstres avides de chair humaine et de plateaux de télés, de préférence non contaminés par la pensée politique des quinquennats précédents.

À force de penser au juge, je constate que j'ai conduit depuis la rue César Franck comme un zombie (il n'y a donc pas que les députés nouvellement élus !) et que je suis arrivé à l'entrée du parking de la rue de Miromesnil sans avoir eu conscience du chemin. Comme toutes les bonnes réminiscences ont une fin, je décide de rejoindre mon bureau.

À peine installé, Ulysse Bussard entre dans mon bureau et dit :

- Alors, Patron (oui, lui aussi m'appelle patron), le juge des Proges est présumé[23] assassiné ?
- He oui, lui dis-je, des Proges, cette figure des prétoires, ténor du barreau, apôtre de la magistrature, magistrat sans peur et sans Dalloz, serviteur et laquais de la Loi, est présumé assassiné !

Le juge aurait probablement pu s'intégrer dans le tissu présidentiel comme ministre de la Justice, s'il avait été doté d'une simple once[24] d'humour et avait mis de côté son franc-parler.

- Oui, mon petit Bussard (j'aime bien l'appeler petit Bussard, lui qui mesure 1,98 m), c'est bien triste. Comment l'avez-vous su ?

---

[23] Comme un sujet n'est considéré comme coupable que lorsqu'il est condamné, il est seulement « présumé » coupable tant que la justice ne l'a pas reconnu comme tel. C'est la même chose pour un décès. Un sujet ne peut être déclaré décédé tant que le certificat de décès n'a pas été émis. On doit donc le considérer comme « présumé décédé ». Dans la police, nous nous devons d'être exemplaires sur ces points !

[24] Une once (28,349 5 g), ce n'est pas beaucoup !

Le petit Bussard s'est alors lancé dans la description des faits, à sa manière toujours très technique :

-   On a reçu un appel de la concierge à 9 h ce matin. Elle avait antérieurement appelé le numéro du ministère de l'Intérieur et était tombée sur un fou… selon ses dires. Elle nous a ensuite téléphoné. Résumé des faits : Elle a entendu du bruit et est montée dans les étages. Elle a constaté que la porte de l'appartement du juge était ouverte. Elle l'a poussée, est entrée et a aperçu le corps du juge assis, immobile, dans son fauteuil (je pense intérieurement que pour un mort, même présumé, être immobile dans un fauteuil n'est pas un comportement tout à fait surprenant !). Elle l'a appelé et n'obtenant pas de réponse, elle est immédiatement ressortie pour nous prévenir. J'ai envoyé des gendarmes qui ont confirmé la présomption de décès. J'ai fait boucler l'appartement et placer un planton devant la porte. Si vous y êtes allé, vous avez dû le voir.

-   Mon petit Bussard, j'y suis effectivement passé ce matin avec Ata pour les premières constatations. J'avais des choses importantes à faire et je suis donc revenu[25]. Ata y est toujours et on y retourne. Avant tout, voici la liste des habitants de l'immeuble. Demandez à un grouillot de service de faire une recherche sur eux et de me l'envoyer sur mon portable. Ensuite, faites préparer une limousine de la maréchaussée.

La limousine avec laquelle il arrive est une 2 tocards Citroën de 1970 avec 250 000 km au compteur, embrayage centrifuge, trois vitesses plus une surmultipliée. Je décris

---

[25] Inutile d'être trop précis sur mon inactivité vis-à-vis des subalternes.

toujours cette voiture avec un immense plaisir, surtout pour parler de la surmultipliée. Dans ma jeunesse, surmultipliée ça me fascinait, ça donnait une impression de puissance. Une voiture avec une surmultipliée devait obligatoirement dépasser toutes les autres ! Ce que la publicité ne spécifiait pas, c'est que pour la passer, cette surmultipliée, sur un trajet Paris-Lyon, il fallait atteindre Avalon, et que l'on devait grimper toutes les côtes en première, les passagers à l'intérieur seulement si par chance la bétaillère n'était pas trop chargée. Sur certaines pentes, on allait beaucoup plus vite à pied !

Pendant le trajet avec Bussard, je passe en revue d'autres souvenirs avec le juge des Proges. Il s'était notamment illustré dans la défense de Jean-Marie le Crayon[26], président de l'Affront ou l'Effroi National ; je ne sais plus ! ça change tout le temps ! Ce dernier avait fait quelques tailles dans l'histoire et méjugé certains détails. Il s'était pris une gabelle [27] parce qu'il avait oublié que ce qu'il appelait des « détails » est souvent le sel de notre humanité. Ensuite, il avait fait en sorte que sa fille, qui devait lui succéder, marine[28]. Elle avait tellement mariné la pauvrette, qu'elle s'était prise pour une Marianne porteuse d'un destin national. Elle l'avait finalement viré puis changé le nom du parti en « Racemblement National ». De toute façon, même après le changement de nom, ça restait le même clan familial et l'association transitoire lors de la présidentielle de la petite avec un certain

---

[26] Depuis la Loi n° 94-665 du 4 août 1994 relative à l'emploi de la langue française (dite Loi Toubon) les termes étrangers (y compris le gaélique) doivent être traduits en français. Le non-respect de cette loi entraîne une amende de 135 €.

[27] Les détails et la gabelle, ça sonne bien, *isn't it* ? La forme interro-négative ci-devant est juste là pour permettre à mon esprit rebelle de ne pas suivre la loi indiquée dans la note précédente.

[28] Du verbe mariner, baigner dans un jus.

Durant-Geignan n'avait rien changé au fait qu'elle s'était taillé une ~~gabelle~~ gamelle lors du deuxième tour !

Je repense également aux différentes rencontres que j'ai eues avec le juge, dont une au Sénat. Je l'avais également rencontré à l'occasion des assemblées générales du mouvement des anti-capilliculteurs, non pas que j'appartienne à ce mouvement, mais j'y étais afin de m'assurer du bon ordre de ce type de manifestations, y enregistrer les divers discours et prendre les identités des présents.

Il est vrai que ce mouvement radical s'orientait à cette période vers une dérive intégriste à la limite du terrorisme. Certains membres n'hésitaient pas à proclamer qu'il fallait bouter hors de France les capilliculteurs de tout poil, jugement un peu à tifs selon moi. Déjà, plusieurs sympathisants avaient placé des bombes glacées durant des concours de coiffure, qui explosant, avaient aspergé nattes, bananes, brushings et chignons, voire même les quelques queues de cheval galopant à proximité.

Une fois, le juge s'était totalement dévêtu, arborant une toison pelvienne complètement dépeignée, face à deux Anglaises adeptes du BaByliss[29], portant de chaque côté d'une raie centrale des frisures de la même nationalité. « Au poil » (ou « À poil » ?) auraient-elles murmuré ! Le juge des Proges était très actif dans ce mouvement et avec le temps, il en était devenu peu ou proue[30] la figure de pointe.

Il avait également manifesté avec une ardeur soutenue son hostilité à tous les iconoclastes boutonnant leurs polos jusqu'au cou. Son exaspération face à cette fâcheuse et inélégante attitude, l'avait fait quitter à plusieurs reprises les

---

[29] Célèbre fer à boucler avec système de chauffe à 6 températures de 160 °C à 210 °C, arrêt automatique, cordon rotatif, garanti 3 ans.

[30] Y a pas faute ; la proue c'est bien l'avant, donc la tête.

plateaux de télé lorsqu'il s'était retrouvé face à ces intégristes qui considèrent que chaque bouton doit être logé dans sa boutonnière, et surtout pas dans celle du voisin. Cette tournure obsessionnelle le mettait en rage et de nombreuses fois, il avait clamé que cette dégénérescence était la plus grave de toutes et qu'elle nous propulsait toujours plus vite dans cette involution antitraditionnelle de la civilisation contemporaine et occidentale, dans une apocatastase où tout retourne à l'Origène[31], bref l'apocalypse, durant laquelle, comme le dit si bien Muhyiddin Ibn « Arabi, « Adam retourne au Paradis, les pieds sur la tête d'Ève ».

Enfin, le juge des Proges était un homme politique aux convictions fortes et il avait successivement pris position contre la droite, la gauche, le centre, les extrêmes et à la fin contre ceux qui restent. Ses prises de position étaient particulièrement écoutées, surtout au moment des élections, périodes durant lesquelles chacun recherche, dans un sentiment proche de celui d'un gratteur de grilles de loto, et avec une angoisse sans cesse croissante, des raisons pour justifier un vote quelconque pour une hydre de l'urne. Que de fois, j'ai moi-même été convaincu par le juge de voter pour untel ou unetelle, sur la base d'arguments tirés de ses analyses, toujours à la fois précises, éclairées, pertinentes et rationnelles, mais somme toute pas plus compréhensibles que les miennes !

---

[31] Origène (185-232), auteur du Traité des Principes.

4. La rue César Franck.

Pendant que Bussard gare la voiture, je m'approche de l'immeuble. Le gardien près de la porte cochère ne manifeste aucune empathie, même bullaire. Dans l'appartement, Ata est attablé et semble trier une pile de documents. Après un rapide examen des lieux, il est facile de se convaincre que le juge des Proges n'a pas bougé et qu'il est effectivement mort, même si à ce stade, et en l'absence du rapport du légiste, on ne peut que le présumer. La police scientifique et le légiste étant déjà passés, cette confirmation devrait arriver rapidement.

L'examen de l'appartement du juge des Proges montre que celui-ci était un homme lisant beaucoup, trop peut-être ! En effet, les piles d'ouvrages, de fascicules in-folio, in-quarto, in-octavo s'accumulent partout, notamment dans des endroits tout à fait originaux comme les toilettes, le débarras, la cuisine et la salle de bain. Dans la chambre, il est pratiquement impossible d'accéder à autre chose que le lit, tant elle est infestée de montagnes de livres.

Dans le séjour, dos à la porte d'entrée, le juge des Proges est toujours assis, le regard fixe sur un énorme fauteuil en cuir, installé de façon, semble-t-il, très confortable. Rien dans la pièce ne signale une trace de lutte et tout est dans un ordre quasi parfait. Chose troublante que je n'avais pas remarquée précédemment, le présumé mort est habillé comme s'il allait sortir, ou comme s'il venait de rentrer. Je lance un regard circulaire et note très rapidement qu'il n'y a justement rien à noter. Le juge des Proges devait être un homme soit obsessionnel, soit extrêmement méticuleux, car les livres sont en piles, tas, montagnes et amoncellements parfaitement alignés.

Je me retourne vers le présumé mort et l'examine attentivement. Il ne bouge toujours pas ; la présomption de décès s'accentue ! Il est installé dans son fauteuil comme s'il attendait quelque chose ou quelqu'un, les bras bien appuyés sur les accoudoirs. La brosse est toujours plantée dans ses cheveux. À l'aide d'un crayon, je soulève la tignasse et examine plus attentivement le sommet du crâne. À l'arrière de la tête, je constate sur la peau la présence d'entailles qui ont peu saigné. À part cela, rien de particulier.

- Faisons un point, dis-je à petit Bussard qui vient d'entrer. Nous avons un présumé mort, sans cause présumée du décès, et pour l'instant aucun présumé indice concernant un éventuel présumé coupable ?
- C'est tout à fait ça, Patron ! Votre esprit de synthèse m'épatera toujours !

Je sens qu'il se moque de moi, mais je ne suis pas d'humeur à le reprendre. L'alcool de la veille m'alourdit la pensée et les sinus frontaux et le Big Peat du matin n'y a rien fait. La médecine n'est plus ce qu'elle était !

Revenant à la réalité, je me souviens que le pauvre Ulysse Bussard a eu de gros problèmes dans sa vie. Il avait une vie cool quand, à l'instigation d'une poupée à la coupe afrodisiaque[32], il a quitté Paris pour un bel Hellène habitant Troyes.

Je ne sais pas si c'est vrai ce que l'on raconte, toujours est-il que pendant un temps, très épris de l'Hellène, il a vécu

---

[32] Ah, la sensualité des coupes africaines !

l'amour fou. Le problème survient quand s'amène, hélas, le précédent copain du bel Hellène, accompagné d'un gaga de sa famille portant le même nom (frère du précédent, d'où Gaga même nom). Comme Bussard ne voulait pas lui rendre l'Hellène et ne se voyait pas en ménage à Troyes, il a demandé à son copain Achille de l'aider. Cet Achille n'aimait pas trop qu'on le prenne à la légère, au point même qu'un certain Offenbach l'aurait traité de bouillant, un soir à l'Opéra. Bouillant, il l'était, et comme il avait perdu les clés de l'immeuble de l'Hellène, il s'était tourné vers un certain Hector pour lui démonter la serrure. Ce dernier n'appréciant pas les myrmidons a défoncé le petit copain d'Achille, un certain Patrocle ou Patropclé, alors que ce dernier était en train de manger, car il avait l'estomac dans les talons (d'Achille[33]). Un des habitants de l'immeuble, nettoyant la cuisine avec un dénommé Ajax, entendant du bruit et sachant que l'appartement contenait une hi-fi de génie, a appelé l'armée. Le gaga du même nom, frère de l'amène, hélas, va lui chercher des poux dans le casque troyen. Heureusement, Ulysse est arrivé sur son cheval (de Troyes) et la guerre s'est terminée par une belle cuite. La ville a été complètement brûlée ! Il en est resté si peu qu'il a fallu faire appel à un spécialiste allemand, un nommé Schliemann, je crois, pour trouver les vestiges de l'endroit.

À la fin de tout cela, comme c'était la grève de la SNCF, Ulysse a cherché un moyen pour retourner à Paris et trouvé un billet passant par les Caraïbes (comme mon aïeul), ou il n'hésita pas à y fumer à l'œil six clopes qui ne contenaient pas que du tabac, ce qui est à la fois indéniablement mauvais pour la santé et totalement illégal. Malheureusement, il a croisé une sirène locale nommée Nausicaa qui lui a dit :

---

[33] Il s'agit là d'une position bien connue des lecteurs du Kama sutra.

- Tu peines, eh ! Lope ! t'es le mac de l'Hellène ?

Cette atteinte à sa virilité et l'allusion à une activité qu'il réprouvait l'ont irrité et il lui a mis la main, disons dans la figure pour ne pas choquer les enfants. Bref, à la fin ce n'était plus une histoire, mais une expédition qui, lorsqu'il l'a racontée au maire, ce dernier lui a proposé de l'écrire. Avoir quelqu'un qui sait écrire, il n'y a pas de doute, ça aède. Je crois qu'il l'a écrite ; l'Odyssée, il l'a appelée ; mais à mon avis, ce ne sera pas un succès !

Revenant à notre histoire, je dis :

- Continuez à tout vérifier, mon petit Bussard. Tentez de trouver des indices. Je vais interroger la concierge pour connaître un peu les habitudes de la maison. J'espère qu'elle est dans l'escalier !

Je fais également un rapide point avec Ata. Il est toujours dans un angle de la pièce, installé sur le petit bureau, en train de la faire la liste des documents mis sous scellés et de les emballer dans des boîtes à archives qu'il ferme par du ruban adhésif fluo. Je rajoute :

- Ata, quand vous aurez fini, retournez au bureau avec Bussard. Comme d'habitude, je vous recommande de ne pas parler entre vous des indices que vous aurez recueillis. Nous le ferons avec Isabelle. Des questions ?
- OK, me répond Ata ; parole suivie d'un écho andin. OK, OK, OK, OK, OK, OK, OK, OK...

Reprenant le cours de mes pensées, je dis pour moi-même :

- Bon, maintenant, je vais voir la concierge !

J'attends calmement l'arrivée de l'ascenseur, rejoins le rez-de-chaussée et me dirige vers la loge. Je tapote à la porte vitrée au moment même où celle-ci s'ouvre.

- Bonjour, je suis le commissaire Pochard ; lui dis-je en montrant ma carte. Puis-je avoir quelques minutes d'entretien avec vous ?

Formule de pure politesse ! De toute façon je ne lui laisse pas le choix et entre dans la loge. Le concierge me laisse pénétrer dans la minuscule pièce et me propose un siège.

- Non merci, je vais rester debout. Je souhaiterais avoir quelques informations sur les habitants de l'immeuble et sur les habitudes générales de la maison. Comment se passe l'entrée dans l'immeuble ? Les gens ont-ils un code ? Y a-t-il un dispositif magnétique pour ouvrir les portes ?
- Chacun a son badge et il y a un code général qui ouvre la porte.
- Permettez-moi de prendre quelques notes, dis-je en sortant mon calepin, vous vous appelez ?
- Je m'appelle Laspales
- Mr Laspales, dis-je tout haut, en notant sur mon calepin.
- Non, Mme !
- Pardon ?
- Je suis une femme, pas un homme !
- J'ai dit Mr ? Je suis désolé, c'est un lapsus ; mais j'ai bien noté Mme ; en me gardant bien de lui montrer mon calepin !

Je tente de garder un air sérieux. Je dois dire que je suis un peu surpris d'apprendre qu'il s'agit d'une « Madame » et non d'un « Mr ». Compte tenu de l'épaisse barbe qui lui couvre le visage et de ses cheveux coupés maladroitement et très courts, j'ai vraiment du mal à croire que je suis en face d'une personne du beau sexe.

- Mme Laspales, je souhaiterais savoir plus précisément comment les habitants pénètrent dans l'immeuble. Peuvent-ils entrer sans que vous le sachiez ?

Manifestement, l'androgyne ne comprend pas ma question.

- Mme, je vous répète ma question. Quel est le système d'entrée dans l'immeuble ?

Miracle ! elle a compris, je le vois à son regard.

- Comme je vous l'ai déjà dit, insiste-t-elle, les propriétaires sont dotés d'une clé magnétique. Je suis informée chaque fois que quelqu'un entre, car cela produit un bruit ici, dit-elle en me montrant du doigt un boîtier dans un coin de la pièce.

- Très bien. Est-ce que le juge des Proges est sorti hier ou cette nuit ?

- Il est rentré hier soir vers 20 h et il n'est pas ressorti.

- S'est-il produit quelque chose de particulier dans la soirée qui pourrait nous aider ?

- Non, sinon qu'hier soir, le juge des Proges a fait en rentrant un peu plus de bruit qu'à l'accoutumée. On avait l'impression que ses pas trainaient dans le couloir.

- Vous n'êtes pas allée voir ce qui se passait ?

- Non, à cette heure j'étais en train de regarder la télévision. J'aime bien regarder le journal télévisé avec Laurent Delamaison[34] et les émissions de Patrick Sébastien !

- Ça ne m'étonne pas. Pensez-vous que quelqu'un puisse s'introduire dans l'immeuble facilement ?

- Il y en a qu'ont essayé, mais ils ont eu des problèmes.

- Oui, mais quelqu'un a-t-il pu entrer à votre insu ?

---

[34] En application de la Loi n 94-665 du 4 août 1994.

- Il y en a qu'ont essayé, mais ils ont eu des problèmes.

La répétition de cette réplique piquée à je ne sais plus qui m'épuise. Je laisse tomber !

- Pour ce qui concerne les habitants de l'immeuble, pouvez-vous m'indiquer qui habite à chaque étage ?

- Je dois vous dire qu'il n'y a qu'un seul appartement par étage, ce qui simplifie les choses. Au rez-de-chaussée, il y a la boutique du coiffeur qui lui-même habite le premier. Mr Enzi Ferraro. Au deuxième, c'est Mr Hulot, le fameux présentateur de la télé, le seul qui soit marié. Au troisième, Mr B., comédien et propriétaire d'un hôtel un peu plus loin dans la rue, dont il s'occupe relativement peu, car il a des employés. Au quatrième, Me Eckhart, avocat, et au cinquième le juge des Proges. Au sixième étage, ce sont les chambres de bonnes qui sont inoccupées, sauf une louée par le juge à une étudiante. Cela fait qu'il y a peu de mouvement dans l'immeuble, car toutes ces personnes vivent seules, sauf Mr Hulot.

- Pouvez-vous me dire à quelle heure les différents habitants de l'immeuble sont rentrés hier ?

- Pas de problème, je vais vous faire une impression du listing des entrées/sorties de l'immeuble.

- Vous avez moyen de faire cela ?

- Oui, le système d'accès est doté d'un logiciel qui enregistre tous les passages, ainsi que le code du badge qui a été utilisé.

- Savez-vous que c'est illégal ? lui dis-je. Les habitants sont-ils informés de ces enregistrements ? Êtes-vous au courant des RGPD[35] ?

---

[35] Règlement général sur la protection des données, règlement

- RGPD, RGPD, est-ce que j'ai une gueule de RGPD ?

J'ai beau imaginer Arletty en train de dire ça dans Hôtel du Nord, le physique de Mme Laspales ne s'y prête vraiment pas.

- Il n'y a pas de problème, lui dis-je pour la calmer. Imprimez-moi donc ce fameux listing.

- Repassez plus tard, je vous le donnerai. Il faut que je l'imprime après avoir connecté l'ordinateur.

La pensée que Mme Laspales puisse utiliser un ordinateur me laisse quelque peu suspicieux, mais je continue :

- Bien, je vous remercie, Mme Laspales. Pourriez-vous m'indiquer où se trouve l'arrêt de l'autobus le plus proche qui se dirige vers Miromesnil ?

- Vous pouvez prendre le 28, il passe à côté de l'Élysée.

Je monte rapidement au 5ᵉ et m'assure auprès d'Ata et du petit Bussard que tout est sur des rails et va bon train. Je leur dis :

- Je retourne au bureau et je reviendrais probablement après. À tout à l'heure. Vous n'aurez qu'à prendre la deux bourrins si vous avez terminé avant que je ne revienne.

Je me dirige vers la station de bus. Il fait beau pour la saison. Je monte dans le bus quand enfin il arrive. C'est là que je découvre que le 28 passe effectivement à côté de l'Élysée, mais qu'il ne s'y arrête pas !

---

n° 2016/679 de l'Union européenne qui dégage un fleuve de données aux GAFA (qui font semblant de les suivre), en cherchant des *Pediculus humanus capitis* dans les tifs rétifs des autres.

5. Figaro-ci, Figaro-là !

Après la nuit passée, mon intestin fait la danse de Saint-Guy. En fait, je suis revenu au bureau pour me détendre, rien ne m'oblige à stresser inutilement. Au bureau, c'est le pied pour être tranquille ! Les jeunes, ils ont la foi. Moi aussi, mais différemment. Il faut les voir durant les réunions de briefing[36], ils sont d'une logique implacable. Ils vous reconstituent une histoire à partir de quelques données éparses. Même Aristote pourrait prendre des cours avec eux. Ils ne laissent passer aucune incohérence et ils dépistent une fausse route comme un chien piste celle d'un sac de croquettes rangé dans le placard de la cuisine. En parlant de pister, je réalise que je dois y aller. Étant donné que dans le bâtiment il n'y a qu'un tout petit nombre de toilettes pour un important contingent de policiers hypertestostéronémiques, c'est souvent miction impossible. Du coup, je vais dans celles des femmes qui sont beaucoup plus propres et plus tranquilles. En sortant, je croise un collègue qui fait comme moi et nous nous saluons rapidement. Je regarde l'heure ; il est temps d'aller travailler !

Après un sandwich et une heure de sieste bien méritée, je décide de retourner rue César Franck, mais cette fois en taxi. Le contribuable paiera (vous ! □) ; l'épisode du 28 du début de l'après-midi m'a suffi. Rue César Franck, en ce jour de

---

[36] 135 euros d'amende ! (Loi n 94-665 du 4 août 1994).

Noël rien n'a changé, rue déserte, boutiques fermées, pas de voiture, autant de piétons qu'après la fin du monde ou l'invasion des body Snatchers[37] (ceux des législatives) !

La boutique du coiffeur s'appelle « Les Touffes des Zéros ». En vitrine, à côté d'un portrait de Jeanne Sourza et de Raymond Souplex assis sur un banc, trônent les tronches empétardées de Boris Johnson, Donald Trump et de Kim Jong-Un. Apparemment, le figaro-là a un penchant avéré pour les coiffures orignales[38]. Le salon est sombre et désert. En bon fonctionnaire de police, fort de vingt années de métier, j'en conclus qu'il est fermé. Un instant, le fantasme que ce figaro-ci est là, en train de tresser la mèche (?) à la concierge me traverse, mais l'idée de la revoir ! Non, je laisse tomber !

Je jette un œil à mon portable qui vient de vibrer et note que j'ai reçu les fiches signalétiques des habitants de l'immeuble. Je consulte en diagonale celle du coiffeur et j'entre dans le bâtiment au moment où un grand type avec un chapeau cloche en sort. Il me tient la porte en me saluant d'un signe de tête. Je lui prête plutôt que je lui rends son signe de tête ; je suis radin ! J'entre dans l'immeuble et grimpe les marches de l'escalier deux à deux, puis quatre à quatre, et la dernière toute seule, jusqu'au premier étage où habite le bretteur du fer à friser. La pression sur le bouton de la sonnette produit bien évidemment *Let the Sunshine In*[39] ; la musique de *Hair*[40].

---

[37] 135 euros d'amende ! (Loi n 94-665 du 4 août 1994). Ça fait 405 euros depuis le début du roman.

[38] Celles des animaux du même nom, pas celles jamais vues auparavant.

[39] Laissez le soleil entrer. 135 euros d'amende ! (Loi n 94-665 du 4 août 1994). Ça fait 540 euros depuis le début du livre.

[40] Cheveux. 135 euros d'amende ! (Loi n 94-665 du 4 août 1994). Ça

La porte s'ouvre sur un homme, hirsute (mal attifé du caboulot), portant une chemise bariolée à large col, laissant apparaître une toison sternale frisée, à la limite du crépu, et d'un noir d'ébène, manifestement davantage dû à l'industrie cosmétique qu'à la présence de mélanine. Pendu à une épaisse chaîne en or, s'agite un piment rouge qui ferait envie à n'importe quel napolitain en phase dépressive. D'innombrables bagues enveloppent des doigts courts et boudinés, patinés par la pose de bigoudis et portant les cicatrices des anneaux de ciseaux à couper et à tailler les tifs… de tout poil. Le bas de l'individu est gainé d'un pantalon blanc à patte d'éléphant[41], modèle concert d'adieu d'Elvis à Las Vegas, se terminant sur une paire de santiags en simili peau de serpent, qui contrairement à celui des civilisations précolombiennes, n'est pas à plumes. Des bottes à plumes auraient probablement nui à la réputation du perruquier.

Le barbier, dont les yeux vifs, proches de ceux qu'ont les merlans à l'étal des poissonniers, révèlent la présence d'un cerveau primitif derrière un chiasma optique rétro-orbitaire rudimentaire. Bref, tout le portrait du coiffeur se prenant pour le figaro (pas le journal où officiait Jean d'Ormesson !), d'un opéra dont il est à la fois l'auteur, le compositeur, l'acteur et le metteur en scène.

- Bonjour, Pochard, Préfecture de police, auriez-vous quelques instants à m'accorder ?

Là encore, pure courtoisie hypocrite ! Et puis « accorder un instant », quelle curieuse formule ? Y a-t-il des accordeurs d'instants qui, délaissant pianos et autres épinettes, prêtent une oreille attentive et absolue au son de l'instant et l'ajustent

---

fait 675 euros ; j'en ai assez de compter ; j'arrête !

[41] La patte d'éléphant est au singulier, car on a l'impression, tellement les siennes sont larges, qu'il n'y en a qu'une.

à 440 Hz, du moins si c'est la fréquence de référence, conservée pendant un temps à côté du mètre étalon, au Pavillon de Breteuil à Sèvres ?

- Bien sour, Signore, dit-il, en ouvrant largement sa porte.

Il m'invite à entrer dans son appartement et m'installe dans un fauteuil. Le salon est digne de certaines maisons avant le passage de Marthe Richard. Tout y est à l'excès, rideaux, passementerie, tableaux, lampes, peintures, gravures, l'ensemble imprégné d'une odeur d'encens masquant (difficilement) celle des produits cosmétiques. Étant tolérant, surtout dans ce type de maisons, je me tourne vers lui et dis :

- Je suis surpris que vous ayez un tel accent ; d'après mes fiches vous vous appelez Enzi Ferraro, mais vous êtes né en France de parents français.

- Oui, c'est vrai, acquiesce le capilliculteur.

Cette fois, c'est sans accent ! Il est un peu gêné, car il a compris que j'étais venu pour une enquête et pas pour faire friser ma légère tendance à la calvitie hyperséborrhéique.

- Connaissiez-vous le juge des Proges ?

- Assez peu, je dois dire ; il venait de temps en temps dans mon salon, mais pour des coupes tout à fait classiques. Nous échangions des banalités lorsque nous nous croisions parfois dans l'escalier de l'immeuble.

- Vous n'aviez donc pas de relation particulière avec lui ?

- Non, juste celles de bon voisinage. Enfin si on peut dire ; lors des réunions de copropriétaires, il était très désagréable. Personnellement, je crois que personne dans l'immeuble ne le supportait vraiment. Ceci dit, à part son mauvais caractère, je n'ai rien à lui reprocher de particulier.

– Que pouvez-vous dire sur lui et son comportement, en dehors de ce que vous m'avez déjà mentionné ?

– Pas grand-chose. Je sais que c'était un personnage public dont l'avis comptait. Il était fréquemment sur les plateaux télé[42]. Je ne pense pas qu'il avait une vie sociale très active. Depuis 15 ans que je suis dans l'immeuble, je n'ai jamais croisé quelqu'un qui allait chez lui.

– Avait-il de bonnes relations avec les autres habitants de l'immeuble ?

– Je crois qu'il avait peu de relations avec les habitants de la maison, et très certainement aucune de vraiment mauvaise avec qui que ce soit dans l'immeuble. Même, si comme je vous l'ai indiqué, aucun d'entre nous ne semblait avoir une affection particulière pour lui !

– Pourtant, il s'était très fréquemment attaqué à votre profession ! Ne lui en teniez-vous pas rigueur ?

– C'est vrai qu'il n'arrêtait pas de nous attaquer, mais je ne pense pas que cela portait véritablement atteinte à notre art. J'ai une clientèle de grande qualité venant du milieu artistique et de la jet-set et je ne crois pas que l'avis du juge ait eu beaucoup d'importance auprès de ces gens-là.

– Quelqu'un dans l'immeuble aurait-il pu avoir un motif quelconque de lui en vouloir ?

– Non, vraiment je ne pense pas. Peut-être celui du 2e, Mr Hulot, car il portait des polos boutonnés jusqu'au cou, ce qui était aussi un motif d'irritation pour le juge.

– Les avez-vous vus se disputer sur ce point ?

---

[42] Ceux où l'on parle, pas ceux que l'on mange.

– Jamais ! Je crois que si quelqu'un avait pu lui en vouloir dans la maison, ce serait la petite du 6ᵉ à qui il louait une chambre. Il avait une manière vicieuse de la regarder. Une fois, en rentrant dans l'immeuble, je les ai trouvés en discussion devant la porte de l'ascenseur, et la petite était écarlate et semblait gênée. Lui s'est tu lorsque je suis arrivé. Cependant, en dehors de cela, je n'ai jamais été le témoin de quoi que ce soit entre eux. La dernière fois que je les ai vus ensemble c'était hier matin. Manifestement, il lui parlait du bail pour la chambre. Je suis passé en les saluant, mais je n'ai pas saisi les détails de leur discussion. La petite semblait triste. Quand nous l'avons croisée en fin de matinée, j'étais avec François, le propriétaire du troisième, et maître Eckhart du quatrième ; elle nous a annoncé que le juge augmentait son loyer et qu'elle allait devoir partir. Quel salaud ! De là à penser qu'elle ait pu l'agresser : impensable !

– Une dernière question : ne vous manque-t-il pas une brosse à cheveux ?

– Si, fait-il, surpris. J'ai perdu une brosse à cheveux hier. C'était avant le décès du juge. Je l'avais prise avec moi, ainsi que mon matériel de coiffure, pour aller chez une cliente qui habite à côté et qui souhaitait un petit coup[43] avant la soirée. Arrivé dans mon appartement, j'ai remarqué que cette brosse manquait. Je n'ai pas rappelé ma cliente pour qu'elle vérifie si je l'avais oubliée chez elle. Je pensais le faire dans le courant de cette semaine. Pourquoi me posez-vous cette question ?

---

[43] Il s'agit bien évidemment d'un coup de peigne, toute allusion grivoise étant absolument impensable !

– Tout simplement parce que nous avons trouvé une brosse à cheveux dans un endroit où elle n'était pas attendue, mais je ne peux pas vous en dire plus pour l'instant.

– Si vous me la montrez, je vous dirai si c'est la mienne.

– Je n'y manquerai pas.

– De toute façon, il aurait fallu que j'en change, car elle ne correspondait plus aux normes de la communauté européenne. Cependant, j'y étais attaché. Elle avait une valeur sentimentale pour moi ; elle avait coiffé Berthe Sylva !

Je me tourne vers lui, l'air interrogatif et dit :

– Comment cela ?

– Vous ne savez pas qui est Berthe Sylva ?

– Non, pas ça, les normes européennes !

– C'est simple, les normes européennes imposent maintenant que les brosses à cheveux aient une longueur de poil supérieure à certaines valeurs et que le nombre de poils par centimètre carré soit défini. Tout ça, c'est pour faire concurrence aux produits qui viennent d'Asie du Sud-Est, et tout particulièrement de Chine.

– Je ne vous sens pas vraiment pro-européen !

– Si, si, détrompez-vous ! je suis un grand défenseur de l'Europe. Il est parfaitement évident, ainsi qu'à beaucoup de mes confrères, que la largeur des bondes des éviers des coiffeurs doit être de 50 mm, qu'il doit y avoir à l'entrée du salon un paillasson d'exactement 64,6 cm x 34,9 cm, que la pression et la température du flux d'air éjecté par les sèche-cheveux soit respectivement de $12\,\text{g/cm}^2$ et de $38{,}0 \pm 1{,}1$ °C. Toute déviation par rapport à ces normes, ainsi que l'absence de désinfection de nos outils par les UV, doit être punie d'amende.

Il continue ;

- Par contre, que l'évier soit bouché, le paillasson recouvert de crottes de chien, que le sèche-cheveux ne fonctionne pas et que l'appareil à désinfecter fasse une lumière bleue qui ne soit pas des UV n'a aucune importance ; là, tout le monde est d'accord ! Pour nous l'Europe, au début, c'était bien. On passe maintenant les frontières sans passeport, on utilise la même monnaie, seule la langue change. Par contre, depuis le traité de Rome, l'Europe n'a pas été capable d'imposer un standard pour les prises électriques, pour l'écartement des rails, ou pour l'utilisation d'hormones et d'antibiotiques dans la nourriture animale. En ce qui me concerne, c'est plutôt le standard des prises électriques qui m'intéresse ! C'est la même chose pour l'alimentaire. Les normes pour produire des fromages sont telles que c'est tout juste si on peut encore parler de produits fermentés. Que voulez-vous, quand on vote pour des c...[44] ; on a les lois européennes qu'on mérite ! Bon, je râle, je râle, mais il y a quelques côtés positifs. Lesquels ? La suite au prochain numéro.

Il s'arrête et reprend :

- Quoi qu'il en soit, qu'elle soit aux normes ou qu'elle n'y soit pas, je n'ai plus cette brosse ! J'aurais pu la mettre sous une cloche et la présenter comme une relique à Berthe Sylva.

---

[44] Il s'agit d'un terme technique peu connu et pour éviter toute confusion chez le lecteur, je préfère ne pas le citer.

- Pouvez-vous me faire un résumé de la manière dont vous avez passé la journée d'hier ?

Il s'autorise quelques secondes de réflexion et commente :

- Hier matin vers 10 heures, je suis allé chez une cliente pour lui faire son brushing. Après quelques courses, je suis revenu vers 11 heures et demie et j'ai rencontré François et Maître Eckhart en bas de l'immeuble. Nous avons discuté et c'est à ce moment que Mme Marie est passée et nous a informés de l'augmentation de loyer que le juge lui imposait. Ensuite, je suis resté chez moi toute la journée et j'ai passé le réveillon tout seul, car je suis séparé et les enfants sont grands. Rien de très excitant !

- Je vous remercie de votre temps et je vous demanderai de rester à notre disposition pour les deux prochains jours. Si vous devez vous déplacer hors de Paris, merci de nous en avertir ou de retarder ce déplacement.

- Non, je n'ai rien de prévu ! je serais entre l'appartement et le salon.

- Merci ; lui dis-je, en me dirigeant vers la porte !

6. L'écologiste.

Sur le palier, je me pose cette question critique ; que faire ?

Comme il est encore tôt, et que je n'ai pas encore fait mes trente-cinq heures hebdomadaires, je décide de continuer l'enquête. Je monte donc rapidement d'un étage et sonne à la porte du 2ᵉ étage. Elle s'ouvre sur un écologiste bien connu, à la coiffure type Cabu, revampée Agnès Varda, tendance Playmobil.

– Mr Bulot ?

– Hulot, corrige-t-il. Que voulez-vous ?

Je montre ma carte et entre en forçant un peu la porte.

– Commissaire Pochard ; vous êtes au courant de ce qui est arrivé au juge des Proges ?

– Oui, j'ai appris son décès par la télévision. J'ai été un peu surpris, car il me semblait en bonne santé.

– Désolé d'être si direct ! aviez-vous de bonnes relations avec lui ?

– Je le voyais rarement. Je le croisais quelquefois dans l'escalier ou lors des réunions de copropriétaires. Je ne vous cache pas que je n'avais pas d'affection particulière pour lui. Il était assez désagréable et je ne supportais pas son attitude vis-à-vis de la petite du 6ᵉ. Dimanche encore, quand je suis rentré, elle est sortie de l'immeuble en larmes et a à peine répondu à mon bonjour. Il lui louait une minuscule chambre de bonne pour plus de 600 € par mois ; c'est du moins l'information que la concierge m'a donnée. En plus, lors de la dernière réunion de copropriétaires, il nous l'avait présentée comme une dévergondée, ce dont je doute vraiment, car quand vous la voyez, vous ne pouvez pas croire un instant que cela puisse être vrai.

– Pensez-vous que les autres habitants de l'immeuble entretenaient de bonnes relations avec lui ?

– Non, je crois que personne n'avait de relation suivie avec lui ! Les quelques discussions que j'ai eues avec les autres propriétaires me laissent croire qu'aucun d'entre eux ne l'appréciait vraiment. De quoi est-il mort ? Votre présence ici me laisse supposer qu'il ne s'agît pas d'une mort naturelle.

– Vous êtes perspicace. Nous attendons les résultats de l'expertise du légiste, mais nous avons de sérieuses raisons de penser que sa mort n'est effectivement pas naturelle. Vous-même, à titre personnel, vous deviez le détester ! Non seulement, c'était un climatosceptique, mais en plus il avait publiquement attaqué vos positions en disant, je le cite « tout ça, c'est des conneries ! Pourquoi s'en prendre aux automobilistes et aux voitures alors que la production de CO_2 française contribue aux émissions mondiales pour au maximum 1 %, et c'est probablement plus près de 0,5 % ? ». Ça n'a pas dû vous plaire !

– Non, mais je ne le détestais pas. Qu'il m'attaque sur ces positions n'est pas étonnant. Il n'est pas le seul. En plus, il avait raison sur certains points. Comme vous le savez, les contingences politiques imposent d'avoir un discours fait d'approximations compréhensibles par la majorité, au détriment d'une vérité trop technique et accessible qu'à peu de gens. L'écologie, c'est une réalité, mais ce n'est pas une réalité facile à traiter en politique. C'est bien plus qu'un problème politique ! Nous avons le devoir de préserver notre espace de vie pour les générations à venir. Nous devons protéger la planète, mais ce n'est pas un combat qu'il est facile de définir dans toutes ses formes ou de les classer. En effet, il doit être évalué en chaque lieu et en chaque place en fonction des réalités locales, il n'y a pas de réponse universelle.

Il s'interrompt un instant :

– Le réchauffement climatique, c'est une réalité. Mais est-il dû à l'activité de l'homme ? Ça, personne ne le sait ! Les climatologues avancent un certain nombre de faits qui dramatisent la situation, ce qui leur permet surtout d'obtenir des subsides. Mais que le gaz à effet de serre que produisent les voitures en France puisse jouer un rôle important dans le réchauffement climatique mondial, il est évident pour les scientifiques que ce n'est pas vrai. Par contre, que les gaz des voitures, avec ceux produits par certaines autres activités humaines aient des effets néfastes sur la santé, ça, c'est avéré ! On sait depuis des années, des décennies mêmes, que la pollution de l'air est la cause de l'aggravation des symptômes de l'asthme et des maladies respiratoires. Alors, pour ne pas affecter l'économie on saucissonne les problèmes d'émissions de particules dans l'air en les divisant entre celles qui sont fines, très fines, ultrafines ; entre les microparticules, les nanoparticules, les picoparticules, les femtoparticules, les attoparticules, et je ne parle même pas des zepto- et des yoctoparticules ! En mélangeant tout ça, on noie le poisson de la pensée dans un océan de données ; il n'est plus question de science ! il n'y a que des données manipulées de façon partiale au gré des intérêts. Et la biodiversité, ma bonne dame ! — Je sens qu'il s'échauffe ! — Le fait de perdre des espèces, végétales ou animales a effectivement des conséquences graves ! Non pas pour des raisons sentimentales du type « ce n'est pas bien de détruire des espèces ». Non, l'important dans la biodiversité, c'est qu'en cas de déséquilibre climatique, ou pour toute autre cause, plus il y a d'espèces, plus la possibilité que la nature s'adapte rapidement aux nouvelles conditions est grande. C'est un sujet complexe et, contrairement à ce que pensent certains de ceux qui se prétendent écologistes, le fait de réintroduire des loups ou des ours ne sert à rien ! Ils sont placés trop haut dans la chaîne alimentaire pour que cela ait un impact. Mais c'est un sujet terriblement sensible. On flatte l'affectif primaire de naïfs à qui l'on fait croire qu'ils comprennent quelque chose. Alors, plus c'est gros, plus ça parait vrai. Pour ce qui concerne la biodiversité, ce sont plutôt les espèces que l'on ne voit pas qui sont les plus importantes, car ce sont elles qui assurent la continuité de la chaîne alimentaire. Les microbes, les êtres uni- et pluricellulaires, les plantes microscopiques, les mousses, les lichens et aussi les insectes remplissent un rôle fondamental dans la survie de l'espèce humaine. Pourtant, pratiquement tout le monde s'en moque car on ne les voit pas. Pouvez-vous imaginer un mouvement de défense des unicellulaires ? C'est dramatique !

Il s'arrête puis reprend.

– Savez-vous combien un adulte excrète de CO_2 par jour ?
– Pas la moindre idée : mais ça doit être très peu !
– Non, c'est beaucoup ; entre 500 à 900 g par jour, selon la taille. En France, ça fait un peu plus de 21 millions de tonnes par an, auxquelles il faut ajouter le CO_2 des animaux d'élevage, et des animaux domestiques : chiens, chats, chevaux, poneys, cobayes, souris, rats, reptiles, insectes… plus les plantes non chlorophylliennes ! En fait, toute la chimie de la vie est essentiellement basée sur l'oxygène et le CO_2. Et puis, pour ce qui impacte l'effet de serre, il n'y a pas que ce dernier généré par la respiration des animaux, il y a le méthane, lié au fait qu'elles ruminent, les vaches ! Et en plus, elles flatulent ! Doit-on imposer une taxe carbone sur les éructations et les pets des vaches ? Et sur la respiration humaine ? Une taxe sur la vie, peut-être ? La réponse est entre les mains de Bruxelles, ajoute-t-il ironiquement. Tout ce discours pseudo-politique sur le CO_2, précisément en France, un pays qui en produit très peu par rapport à d'autres, et alors que c'est la vapeur d'eau qui contribue majoritairement à l'effet de serre, c'est consternant. Et heureusement qu'il y a un effet de serre ; sinon on cuirait le jour et on gèlerait la nuit… Et puis, il n'y a pas vraiment de raison d'être fier que la France produise peu de CO_2. Ce n'est pas parce que nous faisons bien ou que nous sommes conscients des problèmes climatiques. C'est simplement parce que la France a été désindustrialisée. Nous n'avons pratiquement plus d'industrie lourde ou de transformation de matières premières. On fait

maintenant faire les opérations les plus « sales » par des pays où la main-d'œuvre est basse, et en plus on leur reproche de produire du CO_2 ! Ce qui serait logique, ce serait que lorsque nous achetons de l'acier à la Chine ou à l'Inde, nous payons la quote-part de la taxe carbone qui nous revient. C'est facile de dire que les bicyclettes c'est écologique, en oubliant de mentionner que la production du métal utilisé pour leur fabrication fait partie du bilan carbone d'autres pays. Il y a beaucoup d'hypocrisie là-dedans !

Il s'accorde un moment de réflexion et ajoute :

–   Comme vous le savez, j'ai été ministre de l'Écologie. Avec toutes ces données complexes, il faut faire une politique !

Un silence ! Et il reprend :

–   De fait, l'écologie c'est une vraie science et comme toute science, c'est beaucoup trop compliqué pour les électeurs. Si nous parlions vrai, personne n'y comprendrait rien et ne voterait pour nous. Comment leur expliquer qu'à certains endroits il faut protéger la forêt, alors qu'en d'autres lieux il est plutôt nécessaire de la réaménager pour la rendre plus efficace ? Beaucoup trop compliqué. Le discours sur les voitures et la production de CO_2, même s'il est faux, est simple et, intuitivement, semble plausible. Avec l'argent collecté, on peut espérer faire quelque chose de concret. À tout cela, il faut ajouter les problèmes de pollution qui eux aussi sont bien réels. Mais on se heurte aux pouvoirs financiers et au maintien de l'emploi. On rejette des boues rouges en méditerranée en disant que ça n'impacte pas l'environnement. C'est du pipeau ! En fait personne n'en sait rien ! Mais si on agit, l'impact sur les emplois, lui, on le connait. Ce n'est plus un problème de science, mais un problème de foi. Les écologistes sont comme les inquisiteurs du moyen-âge ; quand votre discours n'est pas le leur, on voit dans leurs yeux qu'ils préparent les fagots du bucher destiné à vous griller. En plus, la population générale pense que voter pour un écologiste c'est plus utile et plus responsable que de voter pour un homme de parti ! Pourtant, être un politique, c'est avoir une vision du mieux pour tous, mais pas obligatoirement du bien de chacun, et certainement pas du bien de certains. Je vous dis cela en privé, mais je ne reconnaîtrais jamais publiquement l'avoir dit, même sous la torture, ajoute-t-il en souriant.

Je commence à aimer le personnage. Pour l'avoir entendu à la télé, je sentais le type intelligent et ayant une parfaite connaissance de ses dossiers. Totalement lucide. J'aime bien les gens comme ça ! Alors du coup, même si son discours n'est parfois que mensonge, désormais, je lui pardonnerai et s'il se présente à une fonction élective quelconque je voterai pour lui. En plus, j'aime bien sa manière de parler, on sent qu'il ne se prend pas au sérieux tout en étant parfaitement conscient de ses compétences et de la gravité des problèmes dont il s'agit.

Un ange passe durant ces réflexions et je cherche à déterminer son sexe, mais sa couche m'en empêche. Il disparaît dans un angle de la pièce, derrière un tableau, et je reviens à la conversation.

    — Mr Mulot, y a-t-il quelque chose que vous souhaiteriez me signaler qui se serait produit ces derniers jours et qui pourrait nous aider ?

Il réfléchit quelques secondes et m'indique :

    — Oui, en fait on m'a volé un bâton de marche que j'avais laissé en bas de l'immeuble avec mon sac.

Bizarrement, le sac contenait beaucoup d'objets de valeur comme notamment mon ordinateur, mon appareil photo et un magnétophone, mais rien n'a été pris. Le bâton de marche était juste à côté et a disparu le temps que je garde ma voiture… électrique.

– Quel type de bâton était-ce ?

– Vous savez ce type de bâton de marche rétractable dont on peut régler la longueur en fonction de la taille et du confort du moment.

– Avez-vous une idée de qui pourrait vous l'avoir subtilisé ?

– Non. Je pense que c'est quelqu'un de l'immeuble puisqu'il est impossible d'entrer sans le badge ou le code.

– Quelle heure était-il quand cela s'est produit ?

– Je dirais sept heures moins le quart, environ.

– Bien, je vous remercie de votre temps. Je vais vous laisser !

– Je sors avec vous : je dois participer à une émission télévisée sur l'écologie et je m'aperçois que je suis presque en retard !

Sur le portemanteau de l'entrée, il décroche un imperméable belge et attrape un chiffon… ? Non…, c'est un chapeau ! qu'il place sur sa tête et nous sortons ensemble. Je réalise alors que c'est lui qui m'a permis d'entrer dans l'immeuble plus tôt dans la journée. Deux étages plus tard, je le laisse dans la rue. Il enfourche un Solex, électrique bien entendu, en me lançant :

– Bonne continuation Commissaire de Pouchard (j'ai bien entendu Pouchard ?), au plaisir de discuter à nouveau d'écologie et d'environnement avec vous.

– Je n'y manquerai pas. Je pense que nous aurons l'occasion de nous revoir.

– Sans aucun doute, commissaire.

Je le vois s'éloigner, dans son grand imperméable avec son chapeau improbable, monté sur son Solex. Il me rappelle ce personnage des films de Jacques Tati dont je n'arrive jamais à me souvenir du nom !

7. La pelle de Mme Laspales.

J'ai besoin de réfléchir ! J'ai du mal à imaginer Mme Laspales, le figaro ici ou là, ou l'écolo en train de tuer le juge des Proges. Je cherche un café ouvert et dois aller jusqu'au boulevard Garibaldi pour en trouver un. Je commande un expresso et rédige quelques notes sur mon carnet. J'ai plus de questions que de réponses, mais c'est souvent comme ça.

Comme il commence à être tard, je décide de retourner rue César Franck pour interroger encore un des habitants de l'immeuble. Par chance, Enzi Ferraro arrive au moment où je m'interroge sur comment entrer dans le bâtiment. Je le quitte au premier étage et m'arrête au 3ᵉ, puis au 4ᵉ, mais il n'y a personne. J'escalade les escaliers jusqu'au 6ᵉ et cherche à identifier la chambre de bonne qui est louée. N'entendant rien, je frappe à l'une après l'autre. À la 5ᵉ tentative, la porte s'ouvre. Une très jolie jeune femme, toute menue, avec un visage resplendissant ouvre la porte et dit simplement :

– Oui ?

– Bonjour Mme, lui dis-je un peu gêné.

Depuis qu'on a plus droit de dire « Mademoiselle », le vieux barbon que je suis à des problèmes. En effet, cette jeune femme est si jeune que non seulement elle pourrait être ma fille, mais en plus, elle pourrait être ma petite fille, voire même la fille de ma petite fille, et plus encore si affinité. Du coup, lui dire « Mme » me semble presque irrespectueux. De plus, je la regarde attentivement et suis troublé par la grâce qui émane d'elle.

J'hésite entre lui dire :

– Madame, quand on est comme vous êtes, on n'est pas dans une chambre de bonne, on est dans un musée !

Mais qu'elle fasse tapisserie, ce serait vraiment dommage !

Ou tomber à genoux et entamer une prière à notre Créateur pour le remercier d'avoir mis tant de grâce et de beauté céleste dans une de ses créatures. Elle me rappelle l'Annunciata d'Antonello de Messine. Quand j'ai vu cette peinture pour la première fois, je suis resté à la regarder pendant une demi-heure ; fasciné !

Je me reprends en tentant de masquer mon trouble sous une posture imperturbable :

– Je suis le commissaire Pochard et je souhaiterais vous poser quelques questions. Étiez-vous dans l'immeuble hier soir ?

Elle réfléchit quelques secondes et me précise :

– J'étais dans ma chambre toute la journée en train de réviser. Je suis en période d'examens et j'ai beaucoup de travail. Je passe pratiquement tout mon temps entre l'hôpital à côté et mes révisions. Je suis juste sortie le matin pour acheter du pain au Moulin de la Vierge.

– Avez-vous vu ou entendu quelque chose de particulier dans la soirée ?

Je vois son visage s'obscurcir. Se serait-il passé quelque chose d'anormal ? J'embraye pour ne pas laisser le trouble m'envahir.

– Vous êtes au courant du décès du juge des Proges ?

– Oui, Mme Laspales me l'a dit ce matin. Sa mort n'est pas naturelle ?

Futée la petite !

– Il est trop tôt pour le dire. Nous attendons le rapport du légiste. Je souhaite simplement savoir si vous avez remarqué quelque chose d'anormal, dans la journée ou la soirée.

– Non. Sur le coup de 21 heures, je l'ai entendu m'appeler. Il a ouvert sa porte et a crié mon nom dans l'escalier pour que je descende. Vous ne le savez peut-être pas, mais il me loue cette chambre, et en plus, je dois lui fournir 4 heures de travail par semaine. Je fais principalement du classement. C'est pour cette raison que de temps en temps, il m'appelle quand il en a besoin. Ce soir-là, j'ai trouvé qu'il était vraiment tard et j'ai décidé de ne pas y aller. J'ai fait la sourde.

La légèreté de la jeune femme a disparu et elle ne sourit plus. Je la sens mal à l'aise et je commence à envisager tout un tas de choses sordides et scabreuses que je préfère évacuer pour l'instant.

– Que s'est-il passé ensuite ?

– Il m'a appelé une nouvelle fois vers 21 h 45 et je n'ai toujours pas répondu. J'ai continué à réviser et je me suis couchée vers minuit moins le quart. Sinon, je n'ai rien entendu ni remarqué quoi que ce soit de particulier.

– Merci de votre aide, j'aurai probablement besoin de vous recontacter.

– Quand vous voudrez ; je suis en période de révisions et vous me trouverez principalement ici en train de travailler. Mon partiel est au milieu de cette semaine.

– Merci, Mme, et bonne journée,

– Au revoir, Mr le Commissaire, dit-elle gentiment

En descendant les escaliers, je réalise que je suis tombé sous le charme de cette jeune femme. Elle est l'archétype de la fille ou petite fille que tout homme souhaiterait avoir. N'imaginez pas qu'il y ait une once de lubricité dans ce que je dis. Vu mon âge, regarder avec envie une femme de moins de 40 ans relève de la pédophilie. Non, ça a plutôt été comme rayon de soleil qui a traversé la journée, et ça n'arrive pas souvent ! Pendant quelques instants, tout a paru plus beau. Il arrive dans la vie que vous rencontriez quelqu'un pour une durée très courte, parfois même un simple échange de regards, et que cette personne bousille votre existence en restant constamment dans votre esprit pendant des semaines ; vous ne parvenez pas à cesser d'y penser. C'était ce qui venait de se produire. Je sentais qu'elle serait omniprésente pendant un certain temps.

Au bas de l'immeuble, je croise Mme Laspales en train de faire les vitres de la porte qui donne sur l'escalier. La vue de son grassssieux visage me permet de sortir de l'emprise mentale de la petite Marie : Retour sur terre !

- Mme Laspales, quelles étaient les relations entre le juge et sa locataire ?

- Ne m'en parlez pas, mon bon Mr le Commissaire ! L'attitude du juge était une honte. Non seulement il lui louait la chambre à un tarif exorbitant, mais en plus elle devait travailler 4 heures par semaine pour lui faire son rangement. Quand il parlait d'elle, c'était surtout de son visage, de ses seins, de ses fesses ou de ses jambes. La pauvre petite m'a dit qu'elle avait dû repousser ses avances à plusieurs reprises, et qu'il avait menacé de la chasser si elle n'y cédait pas.

- Avez-vous remarqué quelque chose de particulier dans la soirée qui a précédé le décès du juge ? Quelque chose d'inhabituel, quelque chose qui vous aurait paru étrange ?

— Si, quelqu'un m'a volé ma pelle à poussière. Elle est habituellement dans la cour, près de la petite fontaine. Je m'en souviens très bien, car je suis allée la déposer dans la soirée, au moment où je suis sortie pour aller m'acheter un petit gâteau à la pâtisserie. Au bas de l'escalier, j'ai croisé Mr Hulot qui déposait des affaires avant de garer sa voiture. Quand je suis revenue, les affaires de Mr Hulot n'étaient plus là et ma pelle non plus.

— Pensez-vous que Mr Mulot ait pu voler votre pelle ?

— Non, je vois mal Mr Hulot me la voler. Simplement, c'est comme ça que les choses se sont passées.

— Une dernière question, Mme Laspales ; avez-vous entendu le juge des Proges appeler sa locataire vers 9 heures du soir ?

— Oui, faiblement, ça résonne parfois dans l'escalier. Il a dû crier pour que je l'entende ce soir-là. Il avait l'habitude de faire ça pour l'appeler. Pauvre petite !

— Rien de particulier ensuite ?

— Il l'a rappelée 1/4 d'heure après, puis plus rien.

— Rien d'autre ?

— Non, j'ai regardé la télévision. Il ne s'est rien passé. Au fait, j'ai imprimé le listing des entrées et sorties de dimanche que vous m'avez demandé, me dit-elle.

Je le prends, le plie en quatre et le glisse dans la poche intérieure de ma veste. Je la salue et quitte l'immeuble.

Cette fois, je prends un Uber pour aller vers Miromesnil. Quand j'arrive, tout est sombre. C'est Noël et il n'y a plus personne ! J'erre dans les couloirs dans l'espoir d'y trouver un être esseulé avec qui passer la soirée. Personne ! Déconfit, bien que je sois seul, je décide de rentrer chez moi ! Même si je suis de garde, je n'ai pas l'obligation d'être au bureau. Il me suffit de laisser mon téléphone actif. Je descends au parking, reprends ma magnifique Dyna Panhard et rentre chez moi.

56

L'Annunciata

8. Enguerrand.

En rentrant, je me demande ce que je vais faire de ma soirée. Je n'ai ni envie de sortir ni de rester chez moi. Je décide de me faire un petit dîner en amoureux avec moi-même. Je gare ma Dyna dans le parking et passe au Carrefour City miraculeusement ouvert un 24 décembre pour m'acheter une boîte de cassoulet. J'aime l'ambiance du magasin, non pas pour ce qu'il contient, mais pour les gens qui errent, hagards, à la recherche de ce qu'ils pourraient bien manger. C'est bien mieux que Meetic ou Tinder comme lieu de rencontre, car toutes les solitaires occasionnelles ou esseulées chroniques y sont à la recherche de quelque impérative nourriture qui pourrait donner un peu d'attrait à leur repas du soir, partagé avec elles-mêmes sur le formica jauni d'une cuisine déjà défraîchie dans les années 60.

Ce soir, c'est le bide ! La petite brune que j'avais repérée n'est pas là. Je rentre chez moi en trainant le pas, avec l'espoir que quelque occasion, comme une tentative d'agression, une mère célibataire à la recherche de son fils, même un chien constipé avec une jolie maîtresse, viendrait casser cette morosité montante, propre à tous les policiers à l'approche de la nuit, qu'ils soient de romans ou qu'ils soient vrais.

C'est pour ça que je ne lis plus de polars. En effet, trouvez-moi un roman dans lequel, hormis peut-être Maigret et sa blanquette[45], le héros a une vie de famille épanouie, a hâte de rentrer chez lui tous les soirs pour retrouver sa petite femme et ses enfants, et attende avec impatience qu'ils soient couchés pour mettre en route le suivant.

Ça n'arrive jamais ! Ils sont tous très seuls, très déprimés, très en souffrance vu ce qu'il leur arrive. Leur compagne, qui, dans le meilleur cas les quitte, après plusieurs tentatives infructueuses d'une approche pâtes au logis[46], pour un employé des postes (ou équivalent) avec des horaires fixes et RTT innombrables, plus sept semaines de vacances dans des lieux de rêve comme La Bourboule, un gîte rural près du Larzac, ou un hôtel deux étoiles du côté de Berck plage. Dans les pires (les cas ; faut suivre !), elle est tuée, parfois même avec les enfants, par un psychopathe revanchard qui commet cette atrocité dix ans après qu'ils (les flics) aient arrêté le frère dont il (le psychopathe) avait la charge après le décès non accidentel de leurs parents dans un drame de la route provoqué par les Hell's Angels[47], un groupe de gilets jaunes alcoolisés, par des Black Blocs[48] héroïnomanes, ou les comédiens de scary movie[49] en vacances dans la région.

Comment voulez-vous que ces flics de romans ne soient pas alcooliques ou éthyliques, voire méthilépsiques ou méthomaniaques ? Dans les séries télé, c'est la même chose avec en plus, grâce à l'image, des rencontres fugaces avec des créatures de rêve, qui se terminent rapidement dans une gymnastique insatisfaisante (pourtant à l'image ça a l'air bien !) qui n'a rien à voir avec l'aérobic. L'aventure d'un premier soir

---

[45] Il s'agit bien évidemment du nom du plat et non pas du diminutif affectueux de son épouse !

[46] « La cuisine qui retient les petits maris, qui s'débinent ». Juliette Gréco, 1960 (Paroles de Jean Dréjac [1921-2003])

[47] 135 euros d'amende ! Loi n° 94-665 du 4 août 1994.

[48] 135 euros d'amende ! Loi n° 94-665 du 4 août 1994.

[49] 135 euros d'amende ! Loi n° 94-665 du 4 août 1994.

reste très rapidement sans suite, car le pauvre ange de la nuit a du mal à supporter les horaires improbables du Siffredi des commissariats.

Bref, être policier ce n'est pas toujours le pied !

Ceci dit, je ne me plains pas. J'ai la chance de faire partie de cette division très particulière dans laquelle je n'ai que le ministre de l'Intérieur comme supérieur, ce qui équivaut à ne pas en avoir. Comme je connais beaucoup de ses casseroles, j'ai de quoi lui faire la cuisine que je veux. En cas d'embrouilles de sa part, un fax au Canard et je suis tranquille. Pour faire simple, je le vois mal en train de me chercher des poux dans la tonsure ; je n'ai ni poux ni tonsure !

Le facteur amplificateur de ma solitude, c'est que j'habite un appartement de plus de 200 m² dont j'ai hérité de mes parents. Je peux vous dire que question ambiance, quand on est seul dans une telle surface, c'est à peu près équivalent à se taper un scotch tiédasse ou se raconter des histoires drôles que l'on ne connait pas en plein milieu du désert de Gobi. Peut-être devrais-je installer une yourte dans l'appartement afin que ce soit plus chaleureux ? Les pièces ont beau être encombrées de papiers de toutes sortes, de livres, d'objets chinés au cours de mes balades ; quoi que je fasse, je m'y sens toujours aussi seul. Même avec du monde autour, je me sens seul : ce doit être pathologique ! Il faudra que j'en parle à Jacques[50].

Je n'ai rien contre les rapports fugaces avec des inconnues de passage, d'autant plus qu'étant un homme, les risques de grossesse sont relativement limités. Cependant, comme tout homme normal, j'aurais aimé avoir une compagne à qui je puisse confier, non pas mes tourments parce que je n'en ai pas, mais mes interrogations, mes questionnements sur les

---

[50] Lacan, pas Chirac.

affaires en cours ou des sujets plus généraux comme la taille des rosiers, l'interprétation des codes de lavage sur les étiquettes des vêtements, la migration des cigognes ou la préparation des biberons avec du lait troisième âge, etc.. Après quatre mariages qui sont maintenant enterrés (en quatre fois), j'ai opté pour une relation élastique avec une femme que j'apprécie beaucoup, et pour qui j'ai même de l'affection, mais que malheureusement je ne vois que trop rarement.

Après le merveilleux cassoulet réchauffé aux micro-ondes, je m'installe dans mon fauteuil et reprends l'ouvrage sur le symbolisme de l'apocalypse de Dominique Viseux, ouvrage absolument passionnant dont je vous recommande vivement la lecture. Vous ne le savez pas encore, mais j'ai un intérêt tout particulier pour la philosophie et l'histoire des religions, sous toutes leurs formes. C'est d'ailleurs en écoutant une conférence sur le symbolisme de la roue de secours dans les civilisations hyperboréennes que j'ai rencontré Isabelle (de Torremolinos) et que je lui ai proposé de nous rejoindre. Vous ne savez pas encore qui est Isabelle ; vous le saurez dans quelque temps.

Revenons à nos béliers. En plus de l'histoire des religions, je m'intéresse à la métaphysique, non pas avec une orientation religieuse, mais plutôt comme une forme de science. À son sujet, Platon aurait dit à Aristote, qui était son élève à l'époque, « la métaphysique, tu peux te la mettre où je pense ». Il ne faut pas voir dans cette sentence de Platon, comme beaucoup de pseudo-philosophes médiatiques (mais pas Adèle[51]) ont voulu le faire croire, la moindre trace de

---

[51] Van Reeth, animatrice de l'émission philosophique « Touche pas à mon poste ». « Les nouveaux chemins de la déconnaissance », émission animée avec beaucoup de profondeur et de lucidité par Cyril Hanouna, n'est pas mal non plus.

vulgarité. Platon était bien au-dessus de ça ! Quand Platon indique « tu peux te la mettre où je pense », il ne s'agit bien évidemment pas du siège de la pensée rationnelle, mais de celui de l'intuition, seul « lieu » où l'intelligibilité des notions métaphysiques est possible.

Bon, je sais, c'est assez compliqué au début, mais si vous lisez dans l'ordre Saint-Augustin, Denys l'aréopagite, la Pistis Sophia, la somme théologique de Thomas d'Aquin, Nicolas de Cues, Angelus Silesius, la genèse en détail, avec, pour épicer un peu le tout, un soupçon d'Origène et de Tertullien, sans oublier bien sûr certains néo-platoniciens, vous verrez, tout ça devient beaucoup plus simple. Vous n'avez qu'à faire comme moi ; lisez, lisez, et relisez encore. D'ailleurs, comme le disait Karl-Gustav[52] à Sigmund[53] quand ils étaient encore potes « Il faut lire les livres, même s'ils sont épais ».

Je médite sur le rôle des douze vieillards de l'apocalypse lorsque le téléphone entonne Tin Pan Alley par Steve Ray Vaughan. Je regarde le numéro qui s'affiche. C'est Enguerrand ! Comme la version de ce blues est celle du concert de Munich en 1984 qui dure 12 min 35 s, je décroche sans attendre la fin, à regret !

Mais Enguerrand a besoin de me parler ! Comme d'habitude, il me demande de le rejoindre dans la rue, car il a une phobie des téléphones portables et autres micros planqués par les émules de la DGSI dans tous les appartements de ceux qui ont une quelconque importance politique ou médiatique. Je ne sais pas s'il y a des micros chez moi, mais je plains celui qui doit écouter les bandes ; y'a pas de quoi s'exciter.

---

[52] Jung, Pote de Freud pendant un certain temps.
[53] Freud. Pote de Karl-Gustav pendant un temps plus court.

Je descends et le retrouve sur le trottoir en train de fumer le long du boulevard Malesherbes. Il me fait signe et je le rejoins.

– Bonsoir, Hubert, désolé de te déranger un soir de Noël, j'avais absolument besoin de te parler. Je ne pouvais pas mentionner au téléphone que le juge des Proges joue un rôle important dans le financement de plusieurs partis politiques, dont le nôtre. Cela lui permet de conserver du pouvoir, quel que soit le gouvernement en place. Pour être précis, il collecte des financements auprès de personnalités qu'il connait, de préférence en liquide, et les transmet de façon totalement confidentielle auprès des trésoriers, non pas officiels, mais occultes, des partis. Je ne parle pas de millions d'euros, ce sont souvent des sommes inférieures à 100 000 €, mais c'est déjà très important, surtout si ça se répète. Maintenant qu'il est mort, même si ça explose, c'est moins grave, on pourra démentir. Cependant, tout le monde est convaincu qu'il gardait des traces écrites des transactions. C'est pour cela qu'il faudrait que tu procèdes à un examen détaillé de tous les documents que tu trouveras chez lui. Je te demande de le faire toi-même ; je ne souhaite pas que tes collaborateurs en soient informés.

Enguerrand doit être inquiet, car c'est la première fois qu'il me demande avec autant d'insistance, presque comme un ordre, de lui rendre ce type de service. Il sait que notre amitié est inconditionnelle et que chaque fois que je pourrais l'aider je le ferai.

– Ne t'inquiète pas, j'ai une confiance absolue dans mes collaborateurs. Je les pratique depuis de nombreuses années et je sais que je peux compter sur eux en toutes circonstances, même les plus douteuses !

– Si tu peux le faire toi-même, je préfère ! insiste-t-il.

– Drôle de personnage que ce juge des Proges. Dans les médias, il apparaissait comme un défenseur des bonnes causes et un pourfendeur de la corruption et des magouilles. Ce que tu me dis va à l'encontre de cette image.

– Oui, c'est vrai, c'est un personnage complexe. Cependant, ce dont on est sûr, c'est qu'il n'en a jamais profité pour lui-même. Il est issu d'une famille très fortunée et reçoit des revenus très importants en plus de son salaire. Des fermages, des forêts, et un patrimoine en actions et immobilier très élevé. Tout ccla lui aurait permis de vivre comme un prince sans travailler, mais je pense qu'il aimait sincèrement ce qu'il faisait. Il avait quelques phobies, notamment celle des coiffeurs, mais je n'ai jamais réellement découvert si cela était sincère ou s'il s'agissait d'une posture. Par contre, il était clairement engagé contre le populisme, et notamment l'Affreux National, ainsi nommé, avant qu'il ne change de nom pour le Racemblement National. C'est bien connu ; ceux qui se racemblent[54] s'assemblent !

Ce cher Enguerrand possède un sens de l'humour particulier, c'est pour cela que je l'apprécie. C'est un ami de très longue date ; on se connait depuis la maternelle. À l'inverse de la mienne, sa famille est une digne représentante de l'aristocratie française. Il est vrai qu'on s'appelle rarement Enguerrand quand on est né dans le neuf trois. De plus, il s'appelle Enguerrand de Marigny (si !), un nom à ne pas mettre un templier dehors. La répétition des particules chez

---

[54] Néologisme de mon invention ! C'est mon roman ; je fais ce que je veux !

ses ancêtres fait qu'Enguerrand possède cette noblesse naturelle qui inspire le respect et ne doit rien à l'acquis et tout à l'inné. Quoi qu'il fasse, même quand il gueule, c'est avec élégance.

Je ne sais pas pourquoi, mais nous nous sommes immédiatement appréciés. Plus de 30 ans après, nous sommes toujours amis et avons partagé tous les événements importants de notre vie ; les divorces et les séparations surtout ! Chaque fois que l'un de nous est largué, il se retrouve chez l'autre et y reste jusqu'au moment où il sent que la vie mérite à nouveau d'être vécue. Généralement, ça ne dure pas. Après une soirée bien arrosée, tout est oublié !

Depuis qu'il est marié à Guenièvre[55], les raisons de ses visites ne sont plus les mêmes. Quand il passe, c'est qu'il y a une gonade dans le potage ou des rognons blancs dans le consommé ! Nous aurions probablement pu devenir encore plus amis, mais nos charges respectives, et je pense que les siennes sont supérieures aux miennes, ont fait que nous ne nous voyons que rarement, ou du moins pas assez. Peut-être est-ce ainsi la vraie amitié ; résister aux contraintes de la vie ?!

  – Qu'est-ce que tu as trouvé chez des Proges ?
  – Secret de l'instruction. Je pense que tu préfères ne pas savoir pour l'instant, cela t'évitera d'avoir à mentir.

Il sourit en disant :

  – Ce n'est pas faux ! Je te laisse, je passe vite chez moi faire une bise aux enfants, et une autre à Guenièvre, on fête Noël, cadeaux sous le sapin vitesse grand V, et je retourne au ministère.

Je le vois partir en m'interrogeant sur les raisons qui peuvent motiver un homme de son intelligence à avoir ce type de vie. J'arrête rapidement de me questionner en considérant

---

[55] Oui, c'est difficile à croire, mais sa femme s'appelle Guenièvre !

la mienne. Je remonte chez moi et reprends mon livre jusqu'au moment où je me couche. Comme d'habitude, je m'endors très rapidement et sur le coup de 3 heures du matin, je me réveille et me promène dans l'appartement. Il faudra que j'envisage de m'acheter une de ces petites planches à roulettes électriques pour tourner dans l'appartement. Cela me permettra de conserver un meilleur rapport avec mon équilibre, tout en me cognant dans les portes et en me demandant dans quelle pièce je suis !

9. La fine équipe.

À 7 heures, je suis debout, frais comme un gardon[56]. Après mes ablutions et un « Quoi d'autre[57] ? », je file rue de Miromesnil. Au bureau, toute l'équipe est au complet et seul le bruit des touches des claviers remplit la pièce. Ata, dans un état de concentration intense, le regard fixe, s'interrompt de temps en temps pour entrer quelque chose dans son ordinateur. Le petit Bussard est en train de faire la présumée liste des présumés scellés prélevés sur le présumé lieu du présumé crime. Isabelle est dans un coin de la pièce, le regard dans le vide, fumant cigarette sur cigarette. Je ne sais jamais si elle médite, si elle pense, si elle réfléchit, ou pire, si elle dort. Je n'ai jamais réussi à connaitre la réponse ; je n'ai jamais vraiment posé la question non plus !

Vous ne connaissez pas encore Isabelle. On l'appelle « la catholique » parce qu'elle est très férue de spiritualité, d'ésotérisme et connait en détail tout sur les religions et les sectes. Elle est d'origine espagnole et est née à Cadix, de

---

[56] Le gardon doit avoir une propriété particulière. Lui seul est qualifié de frais. Pourquoi ne dit-on jamais « frais comme une anguille, une perche, un sandre, une brème, un omble chevalier, une ablette, une carpe, un goujon, une tanche, un barbeau ou un brochet » ?

[57] What else ! 135 euros d'économie ! Rappelez-vous la Loi n° 94-665 du 4 août 1994.

parents castillans (précise-t-elle). Séquelle probable des plaisanteries subtiles de ses congénères à l'école maternelle, elle ne supporte pas que l'on fasse suivre son prénom par « de Cadix ». C'est vrai que c'est une plaisanterie de bistrot ! Du coup, j'ai appris le nom de toutes les cités du sud de l'Espagne ; cela me permet de ne pas l'irriter et même de paraitre cultivé en société. Pour en revenir à Isabelle (de quelque part en Espagne), elle est profileuse. Après d'innombrables années en psychanalyse, au moment de devenir psychanalyste, elle a passé un concours de la police et après plusieurs séjours dans divers commissariats a atterri un beau matin (ou un bel après-midi, je ne sais plus !) dans notre service. Pourquoi et comment ? Je n'ai jamais su ! Cela fait maintenant six ans qu'elle est avec nous et je ne sais toujours pas ce qui la fait rester à la DAAC.

Elle prétend que ce qu'elle aime par-dessus tout, c'est déterminer les motivations des criminels. Chez nous, c'est vrai qu'elle est servie ! Question motivations, il y en a des tas : le fric, le pognon, le grisbi, l'oseille, l'argent, la monnaie, le flouze, la galette, les pépètes, le pèze, et les radis ! Ce qui la passionne, ce sont les réseaux sociaux, surtout pour ce qu'on peut en faire. Elle est imbattable quand il s'agit de lancer une rumeur sur la toile de façon à orienter l'opinion, et surtout la presse. Sa force principale réside dans le fait que ses rumeurs, aussi farfelues soient-elles, sont toujours crédibles ; parfois même, plus que la réalité elle-même. Mais on parle, on parle, et le temps passe ! Je leur dis :

- Allons dans la salle d'interrogatoire. On va faire un point !

J'attends qu'ils soient tous en place pour entrer dans la pièce. Je m'assieds et commence un tour de table :

– Alors quelles sont les nouvelles, mon petit Bussard ; qu'est-ce que vous avez trouvé dans l'appartement ?

– Patron, les premières constatations du légiste qu'Ata a rapportées indiquent que plusieurs coups ont été portés à la tête du juge avec des objets contondants. J'ai donc recherché à proximité du corps tous les objets présentant des traces qui auraient pu être de sang. J'ai trouvé derrière la porte une pelle en métal dont un des angles présente des traces de couleur rouge sombre. Dans un angle de la pièce, j'ai récupéré une canne de marche rétractable dont la poignée semble également porter des taches brunâtres. Dans une vasque sur la cheminée, il y avait une poignée de porte en bronze qui porte également des traces suspectes. Enfin, dit-il en consultant sa liste, une raquette de tennis en bois, modèle Lacoste et Borotra 1927, dont deux des côtés portent des marques rougeâtres. J'ai tout transmis au laboratoire, avec la brosse dans les cheveux, pour la recherche d'empreintes et les analyses génétiques sur les fluides ; s'il s'agit bien de sang. Il ne semble pas que la pièce ait été fouillée et les seules empreintes présentes sont celles du juge des Proges et de deux autres personnes habituées du lieu ; elles sont partout. J'attends confirmation de l'identification. J'ai aussi dressé la liste des objets de valeur présents dans la pièce et dans l'appartement. Le vol n'est pas le motif du crime. De plus, le juge gardait des sommes importantes en liquide dans de nombreux tiroirs, et un peu plus de quarante-cinq mille euros dans un carton d'archives dans la bibliothèque du séjour, celle où l'on a trouvé son corps. Cette boîte était comme la lettre volée d'Edgar Poe, bien visible de tous. L'appartement contient aussi de nombreux bronzes de valeur. J'ai fait faire un tour à Mme Laspales afin qu'elle m'indique si éventuellement quelque chose manquait. Apparemment, tout est là, que ce soient les sculptures, les tableaux ou les objets. J'ai mis une copie de la liste sur votre bureau. Jusqu'à présent, je n'ai encore rien rentré dans l'ordi.

– Merci petit Bussard. Et vous Ata ?

– Je suis passé chez le légiste afin qu'il me donne des informations, mêmes préliminaires sur ce qui s'était passé. Il est clair que plusieurs coups ont été assénés sur la tête du juge, et pas seulement avec la brosse à cheveux. En effet, la forme et la profondeur des lésions indiquent différents objets. C'est sur cette base que Bussard (vous avez dit Bussard ?) a recherché tous les objets contondants ayant pu être utilisés. Il y a cependant un point qui gêne le légiste. C'est l'absence de quantités importantes de sang. Le cuir chevelu, en général, ça saigne beaucoup, même pour de petites blessures. Il aurait dû y avoir davantage de sang. L'assassin a peut-être essuyé la tête de la victime, ou alors l'a frappé en mettant un tissu éponge, ou quelque chose d'équivalent, entre la tête et l'objet dont il s'est servi. Ce qui surprend également le légiste, c'est que les coups ont clairement été portés par des objets différents. Un peu comme si le criminel avait utilisé un objet, frappé un coup, en avait pris un autre, puis frappé un autre coup, et ainsi de suite. C'est inhabituel. Peut-être était-il vraiment en colère contre le juge ? Au fait, il a défini l'heure du présumé décès vers minuit.

> – Merci, Ata. Tentez d'avoir le rapport du légiste le plus rapidement pour qu'on sache réellement à quoi on a affaire. Et vous, Isabelle ?

Que dire, sinon que dans les blagues de l'almanach Vermot, celle-là aurait eu le pompon. Ceci dit, je la comprends. Moi-même, je n'aime ni Luis Mariano, ni Rudy Hirigoyen, ni Francis Lopez. Ça me rappelle de mauvais souvenirs d'enfance ; des soirées interminables au théâtre du Châtelet. Imperturbable, elle tourne vers moi ses yeux de braises, ou de velours (rayer la mention inutile), et procède :

> – J'ai visité des lieux afin d'obtenir des informations sur le crime lui-même. Le juge était assis dans son fauteuil, dos à la porte d'entrée, de façon telle qu'il ne pouvait pas voir celui ou celle qui l'a agressé. Il est clair que la porte d'entrée de l'appartement n'a pas été forcée. On a l'impression que celle-ci a été simplement ouverte de l'intérieur.
>
> – N'oubliez pas, il a appelé la petite entre 21 h et 21 h 30 ; dit Bussard. Peut-être n'a-t-il pas refermé la porte quand il s'est rendu compte qu'elle ne viendrait pas, ou peut-être, elle est venue et n'a pas refermé la porte derrière elle ?

J'interviens :

> – Non, je lui ai parlé ! Elle prétend ne pas être descendue.

Isabelle ne laisse jamais une hypothèse de côté, même si elle est peu probable. Devant mon regard interrogatif, elle reprend :

–   Le nombre des possibles est incommensurable ! Il pouvait aussi y avoir quelqu'un avec lui à l'intérieur. Ce dont on est certain, c'est que seule la concierge à la clé et qu'il n'y a vraiment aucune trace indiquant que la porte ait pu être forcée. La position du corps est celle d'un homme sereinement installé dans un fauteuil. Pas de trace de lutte ou de résistance. Comme je le disais, la manière dont il était assis indique qu'il n'a pas tenté de se retourner vers la personne qui l'a frappé. Soit il la connaissait, soit il était sourd, soit il s'était endormi. J'ai demandé au légiste de vérifier la présence de somnifères dans son sang. Si le juge avait des prises de position assez clivantes, je n'ai pas trouvé dans la presse d'informations sur qui pourrait avoir eu l'envie de le tuer. Il irritait, mais ce n'est pas une raison suffisante pour un assassinat. Voilà, Patron, c'est tout ce que j'ai pour l'instant.

–   Merci à tous. Voici la liste des entrées/sorties que m'a remise Mme Laspales. Vérifiez s'il n'y a pas quelque chose d'anormal. Mon petit Bussard, laissez-moi le temps de voir votre liste et rejoignez-moi dans mon bureau dans dix minutes.

Au passage, je me sers un gigantesque mug de café et m'installe dans mon fauteuil. La liste de Bussard est particulièrement longue. L'énumération est digne de Rabelais, remaniée Prévert. On y trouve de tout, et pratiquement que des objets de qualité. Il semblait avoir une affection particulière pour les bronzes animaliers. Un éléphant et un lion de Barye, un chien de Mène, un chat de Fremiet, une panthère de Bugatti. En plus, quatre lampes de Gallé, dont deux marqueteries de pâte de verre, des bronzes-ivoires de

Chiparus, du mobilier 30 en citronnier et galuchat. Bref, que de beaux objets et de beaux meubles ; une fortune ! Il est également fait mention dans cette liste d'une boîte d'archives contenant plus de quarante-cinq mille euros. Bon sang, mais c'est… bien sûr ! comme disait le grand Bourrel[58], le vol n'est pas l'objet de ce crime ! Je continue à parcourir cette liste, digne des grands antiquaires des quais de Seine ou du Village Suisse, quand le petit Bussard entre dans la pièce.

- Vous avez vu, Patron ! impressionnant, non ?

- Oui, en effet ! Ce qui me surprend, c'est que je n'ai pas prêté attention à tous ces objets quand j'ai visité l'appartement. J'ai bien repéré quelques beaux objets par-ci, par-là, mais je ne me suis pas rendu compte qu'il y en avait autant.

- Oui, Patron, c'est parce qu'il y en a partout. On n'y prête pas attention tellement l'espace est occupé. C'est manifestement le résultat de plusieurs années d'achats. Tout cela ne se trouve pas dans catalogue de la Redoute, ni à la CAMIF, quoique…

Je l'arrête dans ses commentaires douteux et dis :
- Parlez-moi de cette boîte contenant le liquide. Comment l'avez-vous repérée ?

- C'est simple, Patron, elle était entrouverte et on voyait des billets qui dépassaient, sans même avoir à l'ouvrir.

- Cela veut dire que celui qui a commis le présumé crime a pu les voir ?

- Oui, sans doute ! La bibliothèque qui contenait la boîte est immédiatement à la droite du corps. On pouvait difficilement passer à côté du fauteuil sans voir les billets.

---

[58] Brillantissime inspecteur de police du quai des Orfèvres de janvier 1958 à novembre 1972.

–   Bien, bien, mon petit Bussard. Avez-vous des raisons particulières de prendre certains de ces objets pour les mettre aux scellés ?

–   Non, Patron. A priori, aucun de ces objets ne semble avoir servi pour le meurtre et s'il manque quelque chose, ce sera surement difficile de déterminer quoi. Par contre, il faudra probablement prévenir la concierge afin qu'aucun visiteur ne vienne maintenant se servir.

–   Pas de problème, je m'en occupe. Question documents, qu'avez-vous trouvé ?

–   Beaucoup de dossiers bien rangés, mais je ne les ai pas encore étudiés. De toute façon, j'ai tout emporté ; on rendra ce qui ne sert à rien !

–   Très bien ! gardez cette liste confidentielle en attendant, ce n'est pas la peine de la rentrer en informatique. Ça va prendre des heures et ce n'est pas utile pour l'enquête. Est-ce que vous avez repéré quelque chose qui ne fasse pas partie de cette liste ?

–   C'est probablement sans importance, mais sur la table de la salle à manger il y avait quelques papiers de moindre importance qu'il devait s'apprêter à traiter. Notamment, un bail de location pour une chambre de bonne au 6ᵉ étage qu'il a commencé à remplir au nom d'une Marie quelque chose et sur lequel il ne manque que le montant. En fait, il est écrit 900 € de mémoire, mais au crayon papier. Il est déjà signé par le juge et probablement il s'apprêtait à le faire signer par la Marie en question.

–   D'autres papiers à part celui-là ?

–   Non, Patron, rien de spécial.

–   OK, Bussard. Vous avez tout laissé dans l'état ?

– Oui Patron, je n'ai touché à rien et j'ai fait l'inventaire avec des gants. Les seules pièces qui sont officiellement sous scellés pour l'instant sont celles qui portent des traces de ce qui semble être du sang et que j'ai remises au laboratoire.

– Je repense à quelque chose. Avez-vous trouvé un contrat de location pour un local, un box, un garage, quelque lieu qui pourrait servir à entreposer des documents ou des objets ? Il pouvait ne pas vouloir tout conserver chez lui.

– Non, Patron. Je n'ai rien noté de ce genre, mais je suis loin d'avoir terminé. Je ferai attention.

– Merci mon petit Bussard, dis-je affectueusement.

Le téléphone commence à entonner « Der Hölle Rache Kocht in meinem Herzen[59] ». La Reine de Nuit, quel merveilleux symbole ! Je m'empresse d'autant moins répondre qu'il s'agit de la ligne directe avec le ministère de l'Intérieur, mais pas celle d'Enguerrand. Que des emmerdes en perspective ! Deux minutes cinquante secondes après, les poils hérissés par l'émotion (pas à cause du coup de téléphone), je décroche et ne dis rien.

– Pochard ? interroge l'écouteur, je sais que tu es là, répond !

Je reconnais la voix d'Enguerrand ; il n'avait qu'à m'appeler de son fixe s'il voulait que je réponde plus vite !

– Lui-même. Comment vas-tu Enguerrand ?

– Mal, Sa Majesté me tanne !

– À cause de des Proges ?

– Oui, on s'inquiète en hauts lieux. Il paraitrait que des Proges avait quelques dossiers confidentiels sur les

---

[59] « La vengeance de l'enfer brûle dans mon cœur ». Die Zauberflöte, K620, de Wolfgang Amadeus Mozart.

activités de responsables actuellement en fonction au plus haut niveau de la nation. En plus, assassiner un juge, ça fait un peu désordre dans un État de droit. Je suis le chanceux chargé de te transmettre de façon tout à fait confidentielle… qu'en haut lieu… on préférerait… que le juge… soit mort… de mort naturelle, et qu'au passage, on récupère les dossiers, s'ils existent. Prioritairement tous les documents qui concernent le financement des partis politiques, ce dont je t'ai parlé hier soir.

– Tout ce que je peux te dire pour l'instant, c'est que pour la mort naturelle, je n'en sais rien, car je n'ai toujours pas le rapport du légiste. Tant que je ne l'ai pas, je n'ai pas le moyen de t'en « fabriquer » une. Pour ce qui est des dossiers, nous avons déjà regardé dans l'appartement et ce ne sont pas les papiers qui manquent ; pourrais-tu être un peu plus précis sur ce que nous devrions rechercher ?

– Non. Personne ne sait sous quelle forme il gardait ses données. Peut-être le plus simple, serait que tu emportes tout et que tu places les documents sous scellés, ou mieux, que tu nous les apportes.

Il est hors de question que je lui apporte ces dossiers ! Je préfère décider tout seul de ce qui est à garder et à transmettre. Conciliant, je dis :

– C'est théoriquement possible, mais si la mort est déclarée « naturelle », il ne sera pas possible de les conserver.

– Oui, mais entre-temps, on aura pu faire le ménage avant de les rendre.

– Pas très légal, tout ça !

– Allons, allons… Hubert, me fait-il.

– OK, nous te mettrons de côté tous les documents qui concernent quelqu'un en poste actuellement. Je te tiens au courant ; dis-je en raccrochant.

C'est sûr qu'à la division des affaires à classer, la conception du légal est pour le moins approximative, voire élastique. Au début, ça me dérangeait un peu ! Mais je dois dire qu'avec le temps, j'ai pris une certaine distance avec le légal, et si je tente constamment de ne rien faire de vraiment hors la loi, et surtout d'immoral, être dans l'illégalité ne me pose plus de problème.

Si je fais cela, ce n'est pas par goût ni pour me remplir les poches, Monsieur, mais pour le Service et le Bien de la France !

10. Rencontre en terre inconnue.

Je file ensuite rue César Franck avec la ferme intention de rencontrer les habitants des 3e et 4e étages. Comme je n'ai pas le code d'entrée ni le badge qui ouvre la porte, je frappe à la fenêtre de la concierge. À l'ouverture de la fenêtre, un cumulo-nimbus d'arôme de café s'échappe de la petite pièce.

– Bonjour, Mme Laspales, pouvez-vous m'ouvrir la porte, s'il vous plait ?

– Oui, tout de suite, dit-elle, je vous ouvre !

J'entends le bruit de la serrure qui se déverrouille et je pousse la porte. Elle attend à la porte de sa loge et me demande :

– Voulez-vous une tasse de café, Commissaire ?

– Si c'est celui que j'ai senti lorsque vous avez ouvert la fenêtre, avec plaisir. Mais avant, les propriétaires du 3e et du 4e sont-ils présents ?

– Oui, ne vous inquiétez pas, ils partent rarement avant 9 h 30 ou 10 h.

– Alors, OK pour le café, mais vite.

Manifestement, elle prépare son café à l'ancienne. Je jette un coup d'œil par la porte de la cuisine entrouverte et vois une cafetière du type de celles qui utilisent une « chaussette ». Il n'y a pas mieux pour faire du bon café. C'est bien mieux que l'ami Ricoré, l'ennemi du petit-déjeuner. Il est noir, bien fort, et sans sucre il exalte tout son arôme.

–   De plus, je voudrais que vous me confiiez les clés de l'appartement du juge.

–   Pour les clés, je ne sais pas si j'ai le droit !

–   Chère Mme, c'est une requête officielle de la police ! Je vous ferai parvenir un certificat ; ne vous inquiétez pas. C'est juste pour vous protéger, imaginez ce qui se passerait si quelque chose disparaissait !

J'ai touché juste. Elle fouille dans le tiroir d'un meuble et me donne un trousseau de clés qui en comprend 5 ou 6. Je lui demande :

–   Pourquoi y en a-t-il autant ?

Elle me décrit les clés une à une en disant :

–   Celles-ci sont pour la cave, celle-là, c'est pour l'appartement, et ces deux-là sont celles des chambres de bonnes. Les deux plus petites, je ne sais pas !

–   Avez-vous un badge de l'entrée de l'immeuble que vous pourriez me prêter pour quelque temps ?

Elle retourne dans le tiroir et en sort un petit badge gris qu'elle me tend.

–   Merci. Pouvez-vous m'accompagner pour me montrer où est la cave ?

–   Oui, mais il faut prendre une lampe de poche.

Pendant qu'elle cherche, je finis le café, puis je la suis. Avec une des clés, elle ouvre une porte que je n'avais pas remarquée, à droite de l'ascenseur. Nous descendons par un escalier de pierre jusqu'à un couloir au bout duquel elle s'arrête devant une porte en bois. Avec une autre des clés, elle ouvre la porte et me tend la lampe de poche. Je jette un rapide coup d'œil à l'intérieur, mais il n'y a que quelques bouteilles de vin qui me regardent, étonnées ! Aucun carton ou boîte pouvant contenir des documents. Nous refermons la porte et remontons.

Dans le hall, je la remercie et monte par l'ascenseur jusqu'au 3ᵉ. Je sonne et la porte s'ouvre sur un comédien bien connu dont je tairai le nom, mais qui se prénomme François. C'est un habitué des rôles de ronchon et de désagréable. Son rôle de directeur d'établissement dans un pensionnat, film qui a eu un succès international, résume à lui seul tout son talent. Ce film a été porté aux nues par le chœur des critiques du 7ᵉ art.

> – Bonjour, lui dis-je, je suis le Commissaire Pochard ; auriez-vous quelques minutes à m'accorder ?

L'homme est en robe de chambre, hirsute si l'on peut dire, au vu de sa pauvre capillarité[60]. Il ouvre le passage en me disant :

> – Oui, je vous en prie, j'étais en train de me préparer du café ; vous en voulez ?

Au stade où j'en suis, je ne me sens pas proche de la tachycardie ; j'accepte !

Nous nous retrouvons dans la cuisine où il termine la préparation de son petit-déjeuner.

> – Je prépare mon café comme Mme Laspales. C'est elle qui m'a appris à utiliser une cafetière de ce type. Depuis que je l'utilise, je n'en veux pas d'autres.

> – Je vous comprends, j'ai eu l'occasion de goûter son café et il est délicieux.

> – Vous allez voir, le mien est encore meilleur !

Malgré l'intérêt considérable que cette discussion sur la préparation du café avec une chaussette peut revêtir, je décide

---

[60] Le terme capillarité doit être entendu ici non pas au sens physique de la montée d'un liquide dans un tube de faible diamètre selon le processus qui porte ce nom, mais comme la présence de cheveux sur le haut du crâne.

d'embrayer sur le motif véritable de ma visite et sur les relations qu'il entretenait avec le juge des Proges.

– Connaissiez-vous bien le juge des Proges ?

– Non, assez peu. Je vais être franc avec vous, je le trouvais détestable. Je ne sais pas si vous connaissez sa locataire, la petite du 6e, mais il se comportait avec elle d'une façon inqualifiable. À plusieurs occasions, j'ai eu envie de lui foutre mon poing sur la gueule ; excusez-moi, dit-il un peu embarrassé. Je suis un peu soupe au lait devant l'injustice ! Le juge était insupportable avec elle. Il avait pris cette ridicule habitude d'ouvrir sa porte et de crier son nom dans l'escalier, du type « Médor, viens ici », pour qu'elle descende quand il avait besoin qu'elle fasse quelque chose pour lui. D'ailleurs, la dernière fois qu'il l'a fait, c'est le soir de son décès. J'y repense, j'ai l'impression qu'elle n'y est pas allée parce qu'il a répété son appel. Avant l'arrivée de la petite, je le trouvais plutôt sympathique. Il avait une connaissance de l'art, et tout particulièrement celui de la période 1925 - 1930, tout à fait remarquable. Comme c'est une période que j'apprécie tout autant, nous avions alors installé une sorte de complicité limitée à ce sujet. À deux ou trois reprises, il m'a invité à découvrir ce qu'il avait chez lui, et j'ai pu constater qu'il avait des pièces superbes, et également des bronzes animaliers, desquels il semblait tout particulièrement fier. Il avait aussi des lampes de Gallé, signature à la molette, je ne sais pas si vous connaissez, et du mobilier Majorelle. J'ai moi-même quelques pièces de cette époque, mais malgré l'argent que j'ai pu gagner, je n'ai jamais pu m'en offrir autant. J'ai compris qu'il avait hérité d'un bien considérable de sa famille. Mais quand la petite est arrivée, son comportement avec elle m'a proprement indigné. Du coup, je ne le supportais plus ! Cette petite est la grâce incarnée. Non seulement elle est gracieuse[61], mais elle est intelligente et réservée. Le genre de jeune fille que tout homme normal a envie de protéger.

Tiens, tiens, pensé-je. Il continue :

– J'ai même pris rendez-vous avec un artisan du coin afin qu'il mette en ordre une des chambres que j'ai au 6e, de façon à lui proposer et qu'elle puisse quitter ce vieux c…. J'espère que son décès ne la mettra pas à la porte avant que j'aie eu le temps de faire terminer les travaux.

– C'est tout à votre honneur. Je ne pense cependant pas qu'il y ait de souci de ce côté ; nous avons trouvé un bail en bonne et due forme et je crois qu'elle est protégée.

– Oui, mais le montant est prohibitif, nous a-t-elle dit.

– Je pense que le grigou a dû avoir une forme de repentir, car je ne me souviens pas que le loyer soit si élevé. Enfin, nous verrons !

Je ne voyais pas l'intérêt de lui faire part que le bail n'était pas rempli sur ce point. Je considère ce type de détails comme étant sans importance… tant que je suis le maître du jeu.

– En dehors de ça, vous ne voyez rien de particulier à me signaler au sujet du juge des Proges ? Savez-vous si les autres habitants de l'immeuble entretenaient de bons rapports avec lui ?

– En dehors de Hulot que je connais assez bien, et qui lui non plus ne l'aime pas, je ne sais pas vraiment pour les autres. Je ne crois cependant pas que l'un d'entre nous puisse être capable d'un assassinat.

---

[61] Avec un c et pas 2 s comme pour la femme d'Ata.

- Pourquoi parlez-vous d'assassinat ? À ce stade, nous ne savons encore rien de la cause du décès.
- Excusez-moi ; votre présence et la poussée des affects me font dire n'importe quoi !
- Vous ne voyez rien d'autre ?
- Non… dit-il en réfléchissant.

Son visage s'éclaire comme s'il venait de prendre conscience de quelque chose et me dit :

- Si ! On a volé le pommeau de ma porte. Sur le coup de 3 heures du matin, ce lundi, je me suis réveillé (tiens, tiens, je ne suis pas le seul !) et j'ai ouvert la porte, car il me semblait avoir entendu du bruit. Le pommeau n'y était plus. J'ai du mal à croire que quelqu'un de l'immeuble ait pu le voler, il n'a pas vraiment de valeur et nous avons tous le même.
- Bien, je vous remercie pour votre aide, et surtout pour votre délicieux café.
- N'hésitez pas à passer dans la journée si vous en voulez un autre, je reste ici chez moi. C'est ça les intermittents du spectacle, me dit-il malicieusement. En fait, je prépare quelques ajouts à l'émission « Rendez-vous en terre inconnue » à laquelle j'ai récemment participé. Voulez-vous en savoir un peu plus ?
- Pourquoi pas : dis-je, en pensant que ce serait rapide ?

Il commence à me rencontrer son expérience durant cette émission.

« La participation à cette émission a vraiment été une expérience incroyable. Un matin, très tôt, sur le coup de cinq heures, on m'a mis dans une voiture, avec un sac en toile noire sur la tête. Impossible de voir quoi que ce soit à travers le tissu tellement il était opaque. On a roulé… probablement plus de vingt-quatre heures avec quelques arrêts de

circonstances. Toujours est-il que lorsqu'on m'a enlevé le sac, je me suis retrouvé dans un lieu totalement inconnu et dans l'incapacité de me situer. »

Narratif, il continue :

« À ma montre, il est cinq heures du matin : mais je ne sais pas si nous avons changé de fuseau horaire ! Çà et là, des hommes et des femmes sont allongés sur des lits faits de bois et de toile et dorment profondément. Quelques-uns émettent durant leur sommeil des bruits avec leur gorge. Ce sont comme des sortes de grondements internes dont je ne comprends pas le sens. Ne sachant pas à qui j'ai affaire, je m'installe sur un petit tabouret en bois et attends que les premiers se réveillent. Un peu plus tard, l'un d'entre eux ouvre les yeux. Après un bref regard circulaire, il se lève et se dirige vers un arbre ou très sereinement il se met à uriner. Je comprends alors que les membres de cette tribu sont proches de la nature et vivent dans une symbiose totale avec elle. Ils n'ont pas cette fausse pudeur que nous avons dans nos sociétés. Il revient vers moi en rangeant son instrument et d'un signe de tête, m'indique de le suivre.

Au centre du village se trouve une construction faite de palettes, de bouts de bois et de toiles plastiques qu'ils ont probablement récupérés lors de rapines dans une ville occidentalisée proche. L'intérieur est encombré de nombreuses caisses dont je n'identifie pas immédiatement le contenu. Le sauvage (à ce moment-là, je ne sais pas encore quel est le nom de cette tribu) allume un feu avec des bouts de bois dans une espèce de fourneau présent au centre de la case. Lorsque les braises sont suffisantes, il y place une sorte de casserole, me semble-t-il, remplie d'eau. À l'ébullition, il ajoute une importante quantité d'une poudre noire et enlève le récipient des braises. Il prend également quelques verres qui se trouvent là, et d'un grognement me fait comprendre que je dois l'accompagner.

Nous allons nous installer à quelque distance ; je pense qu'il souhaite préserver le sommeil des autres membres de la tribu. Il verse une partie du liquide dans deux verres et m'en tend un. Je dois dire que ne connaissant pas les règles de vie de cette tribu, qui m'apparaît somme toute comme assez primitive, je regarde le verre et son contenu d'un air interrogateur. Je peux constater alors qu'ils possèdent une grande sensibilité, car immédiatement, d'un geste de main, sans prononcer une parole, il me fait comprendre que je peux boire sans crainte. La boisson est forte et a un goût proche de celui du café. Je la bois lentement et finalement je trouve qu'elle a un arôme tout à fait satisfaisant. L'indigène boit son verre dans le silence, perdu dans ses pensées. Un autre des membres de la tribu s'éveille alors et tourne son regard vers nous en disant :

- *Dédé*

Lui répond simplement :

- *Ka-Oua ?*
- *Vec plaisir, dit celui-ci en se levant de sa couche et en se dirigeant vers nous.*

Cette langue est prononcée avec un fort accent guttural que je n'ai jamais entendu auparavant. Je crains que les relations avec les membres de cette tribu ne soient difficiles, mais très rapidement la conversation me rassure.

- *T'as bien dormi ?*
- *Oui, pas mal.*

Je comprends alors la grande bienveillance des membres de cette tribu qui s'efforcent de parler ma langue. Cela me rassure, car je n'ai manifestement aucun don ; même apprendre le français à l'école a été une épreuve !

En très peu de temps, l'ensemble de la tribu s'est levé et s'est retrouvé près de nous, en échangeant principalement des propos sur la qualité de la nuit de chacun. Je peux constater combien ils sont attentifs les uns aux autres et qu'ils partagent leurs existences dans une proximité que nous ne pratiquons plus. Tous ces échanges sont ponctués par l'arrivée de nouvelles casseroles de cette boisson forte que nous buvons les unes après les autres. Souvent, l'un ou l'autre se dirige vers les arbres pour assouvir des besoins naturels ; les hommes nous montrent leur dos, les femmes passent discrètement derrière la rangée d'arbres. On sent qu'il existe dans cette tribu une pudeur naturelle faite d'une simplicité tout à fait rassurante.

Au bout d'un moment, celui qui a préparé la boisson le matin se lève et crie à l'assemblée :

> *- Un moment d'attention, nous devons établir le planning de la journée !*

Je comprends qu'ils sont probablement animistes et qu'ils accomplissent à chaque moment de la journée des rites particuliers pour rester en harmonie avec la nature. C'est alors que j'aperçois un des sauvages qui se dirige vers moi :

> *- Bonjour, je m'appelle Marcel, j'ai été désigné pour être votre guide et vous révéler nos us et coutumes.*

> *- Je vous remercie, vous me rassurez. J'avais peur de ne pas être capable de comprendre votre langage.*

> *- C'est vrai qu'il est particulier, mais vous verrez, vous n'aurez que peu de difficulté pour l'apprendre.*

À voix basse, je lui pose la question de ce qui va se passer maintenant. Il me répond, lui-même a voix basse, que c'est le moment où la tribu décide des actions à entreprendre pour ce moment particulier de la journée.

> *- Nous avons toute une série d'actes que nous pouvons choisir de pratiquer ou non, me dit-il.*

Après une discussion animée entre tous les membres de la tribu, celui que j'ai rencontré en premier prend la parole et dit d'une voix ferme :

> *- Aujourd'hui, on va laisser passer les voitures et on retiendra les camions qui ne passeront que durant des plages horaires d'une demi-heure toutes les heures. En attendant, Momo, tu vas chercher de quoi becter et toi, Riri, tu t'occupes du liquide.*

Marcel m'explique que la grande difficulté de cette vie sauvage réside dans l'approvisionnement en nourriture et en boisson. Il s'agit d'une tribu de chasseurs/quémandeurs, qui ont des pratiques particulières, décrites depuis très longtemps par Claude Lévi-Strauss dans son fameux livre

« Tristes trop cœurs », ouvrage faisant partie de sa très célèbre tétralogie, dont seul « Tristes trop piques » est bien connu du grand public.

Je demande à Marcel s'il est possible de parler à leur chef afin qu'il me raconte l'histoire de la tribu. Il me répond que cela ne pose aucun problème et m'amène vers celui qui m'a préparé la boisson du matin.

- Dédé, lui dit-il, t'as un moment pour parler avec notre invité ?

C'est alors que je comprends que ce que je pensais être une formule de politesse, ou de respect vis-à-vis de l'autorité, n'est que le nom familier de celui-ci.

- Je vous remercie de bien vouloir m'accorder un peu de votre temps. J'ai bien compris que votre vie est difficile et que les nombreuses responsabilités auxquelles vous devez faire face sont très prenantes.

- Non, non, vas-y, dit-il bienveillant, pose tes questions !

- Je voudrais savoir quelles sont les bases historiques de votre tribu. D'où vient-elle ? Quand s'est-elle constituée ?

- En fait, la tribu est née d'une scission avec un groupe plus important qui vivait dans la ville voisine. Comme la vie était très difficile, nous avons décidé de prendre le maquis et d'entamer une lutte pacifique afin de défendre notre culture et notre mode de vie. La goutte d'eau qui a fait déborder le réservoir a été le coût du gasoil et les taxes. Comme les membres de la tribu ont besoin de leur voiture pour vaquer à leurs activités, cette augmentation a lourdement grevé le budget des familles et nous avons décidé de manifester ; notamment en bloquant les ronds-points et le passage des camions. Mais le coût du gasoil n'est pas la seule de nos revendications, la CSG sur les retraites, le blocage du point d'indice des fonctionnaires, l'augmentation du nombre des pistes cyclables et l'explosion du nombre de patinettes électriques dans les villes sont également des points que nous contestons.

On sent que leur manière de vivre est basée sur leurs traditions et qu'ils refusent de les abandonner pour s'intégrer dans notre mode de vie moderne. Naïvement, je pose la question de savoir s'ils se sont organisés en comités afin d'élire ou de nommer des représentants pour être représentatifs et pouvoir négocier avec les autorités.

- *Ah ! Ah ! dit-il en s'esclaffant, vous parlez comme quelqu'un qui a fait l'ENA ! Non, notre combat est le combat de tous et c'est ensemble que nous souhaitons le mener.*

Je comprends sa position et même si elle me semble naïve, je n'ai pas l'intention de lutter contre des millénaires de tradition, qui constituent les racines profondes de ce groupe ethnique particulier. La préservation de la tradition est bien évidemment pour eux un combat qui revêt une importance capitale, puisque c'est leur existence même qui est en jeu. Dédé me propose alors d'aller suivre l'activité des membres de la tribu.

Au rond-point, je constate que la circulation est complètement contrôlée par quelques membres de la tribu. Ils arrêtent les voitures, font ouvrir les vitres et demandent un soutien moral de la part des conducteurs ; ce que ces derniers font complaisamment. Parfois, ils leur demandent de signer une pétition ou d'apporter un soutien financier à leur lutte. Tout cela se passe dans une ambiance bon enfant. Les camions sont généralement arrêtés en amont du rond-point et il est expliqué aux conducteurs que seules quelques plages horaires sont réservées à leur passage. La plupart des conducteurs de camions appartiennent à des ethnies lointaines qui parfois ne parlent même pas leur langue. Comprenant qu'ils n'ont aucune possibilité de forcer le passage, ils obéissent.

Parfois, une tribu ennemie vient libérer le passage et faire des prisonniers. Ceux-là sont vêtus de sortes d'armures rudimentaires faites de caoutchouc aux articulations, sur les épaules, la poitrine, les cuisses et les jambes. Ils portent également des casques qui masquent leur visage et arborent fièrement des boucliers. Le nom de leur tribu est écrit sur des médailles qu'ils portent à l'épaule ; CRS.

Je constate qu'ils sont bien mieux préparés au combat que les membres de la tribu qui m'accueille. Ils prennent rapidement possession du passage et emmènent avec eux quelques membres de la tribu pour probablement en faire des esclaves. J'espère qu'ils ne sont pas cannibales ! Néanmoins, dès qu'ils se sont repliés, les lieux sont immédiatement reconquis par la tribu et le contrôle de la circulation reprend.

La matinée se poursuit ainsi et je discute avec les uns et les autres des différents problèmes qu'ils rencontrent. Manifestement, le coût de la vie représente pour eux la difficulté première et la sincérité de leur discours m'émeut.

Arrivé au milieu de la journée, je comprends qu'ils suivent les phases solaires et que se prépare une sorte de rite religieux qui mobilise toutes les attentions. Dès onze heures, commence le partage d'une boisson de couleur jaune à l'odeur forte dans laquelle ils ajoutent de petits blocs de glace. Cela semble être un de ces moments particuliers où s'exprime toute la chaleur entre les membres du groupe. Je ressens que l'appartenance à la tribu les lie les uns aux autres par des liens ancestraux profonds. Il y a dans cette cérémonie eucharistique quelque chose qui me rappelle la Cène, avec néanmoins une forme de spiritueux très différente.

- Tiens, ceci est ton pastis !
- Et celui-là est le mien !

Il est clair que l'esprit (de vin) est très prégnant dans leur culture.

Après plusieurs tournées de cette boisson qui échauffe les sens, un peu comme le peyotl des Indiens Huichols, vient la seconde partie du rituel qui se déroule autour d'un bidon de très grande taille, découpé par le milieu dans le sens de la hauteur, et qui est maintenant rempli de braises recouvertes d'une grille métallique. Sur celle-ci est déposée de façon rituelle de la nourriture qu'ils dénomment ; saucisses, merguez, côtes d'agneau, steaks, brochettes, ainsi que quelques légumes ressemblant à des poivrons ou des pommes de terre enveloppées dans du papier d'aluminium. Dédé et deux autres membres de ce qui me semble constituer l'ordre sacerdotal remplissent les assiettes au fur et à mesure que les produits sont parvenus à la cuisson désirée. Des bouteilles contenant un liquide rouge sombre *circulent également, certains buvant au boulot, d'autres, principalement les femelles, dans des verres en plastique.*

Les membres de cette tribu sont très attachés à la propreté et à l'écologie. En effet, ils prêtent une attention toute particulière à ne déposer leurs déchets que dans la zone où s'accomplit le rituel. Rapidement, le sol est jonché de vestiges de serviettes en papier, de verres en plastique et d'assiettes en carton. Au terme de la cérémonie s'opère une nouvelle distribution de cette boisson qu'ils appellent Ka-Oua. Quand tout est terminé, un groupe de femmes, toutes munies de sacs en plastique, assure le nettoyage du sol et le ramassage de toutes les immondices. À la fin, la nature a retrouvé ses droits !

Entre-temps, les hommes sont partis s'allonger sur leur couche afin de méditer. Très rapidement, ils parviennent à une sorte d'état de transe et commencent à émettre des sons avec leur glotte, qui ne cessent que lorsqu'ils se retournent sur eux-mêmes. Je ressens cette spiritualité puissante qui les habite et j'en suis profondément ému !

L'après-midi s'écoule ensuite dans une série d'activités proches de celles de la matinée : blocage des voitures et des camions : lutte contre la tribu des CRS : le tout entrecoupé de pauses durant lesquelles est servie la boisson anisée ! Je profite d'un moment d'accalmie pour m'approcher de Dédé et lui demander comment ils envisagent l'avenir, et au passage, je lui demande quel est le nom de sa tribu.

> *- Nous nous appelons « Gilets jaunes ». Cette tribu est née il y a longtemps sur les bases d'un conflit social jamais résolu. Nous revendiquons que chacun doit pouvoir vivre décemment et que les taxes, sous toutes leurs formes, doivent être supprimées.*

À la pensée de l'ISF, maintenant transformé en IFI, et auquel je suis assujetti, je partage soudain leur combat.

Le rituel de fin de journée est très proche de celui du midi, mais prend une intensité particulière. Les quantités de la boisson jaune à l'odeur anisée avec des glaçons sont beaucoup plus importantes que celles du midi. Le repas rituel se fait dans une ambiance proche de celle des monastères, où tous les membres sont considérés sur un pied d'égalité. Les blagues grivoises fusent et des rires éclatent de partout. Le repas se termine par la distribution d'un autre type de liqueur sacrée nommée Ko-Gnak, du moins phonétiquement. J'essaie d'en boire, mais je n'arrive pas à faire mieux qu'avec la boisson anisée. Je ne peux tout au plus qu'y tremper mes lèvres ! Y'a pas de doute, ce sont des boissons d'hommes !

Après cette journée dense, les uns après les autres, ils vont se coucher. Dédé, accompagné de la femme de Robert, part s'isoler dans un bosquet, probablement pour pratiquer quelque rite à la nuit. Moi-même, envahi par le bonheur d'avoir participé à cette vie saine et simple avec des êtres proches de la nature, je m'allonge sur un lit de fortune et je m'endors. »

Après cette narration, il se tourne vers moi et me dit :

- Ce que j'ai vécu durant cette émission a véritablement été une expérience extraordinaire. J'espère qu'un jour vous aurez l'occasion de retourner ainsi à la nature et redécouvrir cette force que nous possédons tous et qui nous lie à l'univers.

Je lui réponds que je n'en doute pas et lui précise que je dois avant tout terminer mon enquête. Je le remercie en lui indiquant qu'il me tarde de voir cette émission et quitte son appartement. Il me reconduit à la porte et nous nous séparons. Je monte lentement jusqu'au 4ᵉ en repensant à la petite Marie. Décidément, elle a conquis tout le monde, mais malheureusement, quand on plaît à un pépère pervers, la grâce peut devenir une plaie.

11. Maître Eckhart.

Au quatrième étage, Me Eckhart ouvre la porte. Double mètre par la taille, simple maître par la profession, triple maître[62] au total ! Il ressemble à la fois au comédien Basil Rathbone dans le chien des Baskerville et à Christopher Lee dans Dracula. Pas souriant le gars ! Comme j'ai mon arme de service dans le holster sous mon bras, je ne me laisse pas démonter.

– Bonjour, Commissaire Pochard, j'ai quelques questions à vous poser sur la nuit dernière.

– En clair, vous me demandez mon alibi pour la nuit dernière ?

– Non, ce n'est pas exactement ça ! Je souhaiterais savoir si vous avez noté quelque chose de particulier.

– Entrez ! on ne va pas discuter sur le palier, me dit-il avec un sourire à faire peur aux enfants.

Même si la disposition de l'appartement est similaire à celle du juge des Proges, l'occupation des lieux par le vampire local n'a rien à voir. Il me fait traverser la petite entrée, me conduit dans le séjour qui est dans un ordre digne d'un hypocondriaque avec troubles obsessionnels compulsifs, et me propose un siège face à son bureau. La pièce est assombrie par d'épais rideaux : je me demande ou il cache le

---

[62] Du coup, je ne sais plus comment je dois écrire ; maître ou mètre ?

cercueil qui lui sert de lit ! Du coup, je ne sais plus si c'est Halloween ou si je suis dans la maison de la famille Addams !

    – Souhaitez-vous boire quelque chose ?

Je lui fais remarquer que nous ne sommes qu'au milieu de la journée et que c'est un peu tôt pour moi. Il ne dit rien et va se servir un fonds[63] de whisky sur un petit guéridon dans un angle de la pièce. Il revient s'asseoir en sirotant son malt.

    – Que désirez-vous savoir ?

    – Je ne sais pas si vous avez été informé, mais le juge des Proges est mort dans des circonstances suspectes. Je souhaiterais savoir ce que vous auriez éventuellement remarqué, disons entre dix-huit heures et minuit hier soir.

    – Hier soir… hier soir, répète-t-il ? Oui, hier… ! toute la journée, soir compris, j'ai travaillé sur le dossier d'Alexandre B., vous savez celui dont on parle sans cesse dans la presse.

Comme j'en ai entendu parler, j'acquiesce d'un signe de tête.

    – Oui, et alors, dis-je ?

    – Bien… Désolé, je n'ai rien noté de particulier. J'ai tout le temps été concentré sur ce dossier.

J'ai envie de lui dire que je ne suis pas très concerné par toute cette affaire dont je ne comprends pas qu'on lui accorde une telle importance, mais avant que je n'aie pu dire un mot il continue :

    – L'histoire est simple : ce jeune homme, qui assure des fonctions subalternes à l'Élysée, a besoin d'argent, car il a l'intention de se marier dans un avenir proche. Il a donc décidé d'accepter un travail temporaire pour un de ses amis qui est fabricant de casques de moto.

---

[63] Avec un s car vu la quantité, il y en a pour une fortune.

Vous ne le savez peut-être pas, mais un des points importants en ce qui concerne les casques de moto, c'est leur résistance aux chocs. C'est pour cette raison que ce jeune homme portait avec lui un casque, et que chaque fois qu'il en avait l'occasion, il en testait la solidité. Rien que de très normal ! La petite boulette qu'il a commise, étourderie bien pardonnable chez un jeune homme, a été d'utiliser le casque au cours d'une manifestation à la Contrescarpe. Il s'en est servi pour frapper un couple de manifestants. Deuxième maladresse, il a demandé à un de ses amis de filmer la scène de façon à apporter la preuve de la résistance du casque. Celle-ci est effectivement surprenante au vu de la force des coups assénés ! Le casque était absolument intact après les impacts sur les crânes et on le voit bien sur la vidéo, ils étaient violents ! La troisième a été de poster la vidéo sur Internet pour montrer son professionnalisme. Tout cela, ce sont des balourdises, que dis-je, des niaiseries.

Après une brève interruption, il reprend :

– Toujours est-il qu'à l'instigation des partis d'opposition, la presse en a été informée, et tous ensemble, ils ont tenté d'en faire une affaire d'État ! Ce qu'il y a d'ironique, c'est que les leaders des partis d'opposition n'ont rien compris à ce qui s'était passé lors de l'élection présidentielle de mai 2017. Ils n'ont pas compris que le vote pour un candidat jeune et à peine connu six mois auparavant était seulement l'expression d'un dégagisme vis-à-vis des candidats conventionnels, c'est-à-dire eux-mêmes. Pour en rester sur cette affaire, qui, je vous le rappelle, n'est que celle d'un contrôle qualité sur des casques de moto par un jeune homme dont on devrait au contraire glorifier la conscience professionnelle, valeur devenue rare de nous jours, la presse a tout amalgamé. Plus les représentants des partis d'opposition en ont parlé, plus la cacophonie est devenue intense. Sur ces entrefaites, autre aberration, certains membres du Sénat désirant montrer que celui-ci joue un rôle politique de première importance dans la Nation ont décidé de monter une commission d'enquête pour interroger notre sympathique jeune homme. Par inexpérience ou distraction, le consciencieux testeur de casques s'est retrouvé accusé d'avoir commis une bavure. « T'aurais dû voir la gueule de la bavure ! » aurait même dit un des sénateurs, sympathisant du fondateur des restos du cœur. La présentation du rapport d'expertise rédigé par le jeune homme sur la solidité du casque n'a servi à rien et sa conscience professionnelle est proprement devenue une affaire d'État. Pour tous ceux qui étaient contre le tissu présidentiel, l'utilisation de la toile a permis de monter en épingle (à nourrice) cette affaire. Cela a été du velours, peut-être même de la soie ou de l'organdi, pour s'attaquer directement à la fonction présidentielle. À la suite, la commission sénatoriale, pour justifier ses émoluments et l'utilité de l'institution, a travaillé pendant six (oui 6, trois fois deux) mois pour rédiger un rapport concluant que la coquille du jeune homme n'était pas une bourde ou une peccadille, mais véritablement une action téléguidée par quelqu'un proche de l'Élysée. Plus de six mois pour rédiger un rapport aux frais du contribuable, ce n'est plus un train de sénateur, c'est un omnibus, voire un tortillard ou un train à crémaillère. Quoiqu'il en soit, je peux vous dire que les casques de la marque XXX[64] sont d'une solidité à toute épreuve. Ils résistent sans céder aux chocs répétés contre la tête de manifestants, ce qui permet de leur faire totalement confiance pour leur utilisation dans des conditions plus en relation avec leur destination, comme la conduite des deux roues. Mais que voulez-vous, il est devenu de nos jours habituel de tout critiquer ! Vous allez voir que bientôt quelqu'un critiquera le fait que l'on teste les pistolets lanceurs de balles de défense sur les manifestants pour s'assurer de leur bon fonctionnement !

Un silence.

- Voilà comment on peut détourner en affaire politique des actions importantes comme le contrôle de qualité sur la solidité d'objets destinés à la protection du public motorisé !

Pendant quelques secondes, je m'interroge sur le fonctionnement de la pensée du triple maître. Comme cela n'a rien à voir avec le juge des Proges, je décide de revenir à nos méchouis alors qu'ils sont encore sur leurs pattes !

- Je suis sûr qu'avec vous, les droits de la défense seront respectés et que la sottise du jeune homme sera prise pour ce qu'elle est ; c'est-à-dire une imprudence.

En entendant les moutons bêler, je reviens sur notre sujet :

- Avez-vous noté quelque chose de particulier hier soir entre dix-huit heures et vingt-trois heures ?

Il referme son dossier, me regarde droit dans les yeux et me dit :

- Ce que je viens de vous dire... j'étais en train de travailler... mais il m'a semblé qu'il y a eu quelques

---

[64] Je ne fournis pas le nom de la société, car ils ont refusé de rémunérer l'apparition de celui-ci dans cet ouvrage.

passages dans l'escalier. À part cela, je n'ai rien noté de particulier.

– Je vois !

Son visage s'éclaire et il ajoute :

– Ah oui, j'oubliais… On m'a volé une raquette de tennis le soir du décès. Non pas une de ces raquettes modernes légères, mais une beaucoup plus ancienne en bois massif que j'avais achetée chez un brocanteur aux puces. Plus personne ne joue avec ce type de raquette. En cherchant mes clés pour ouvrir la porte, j'ai posé la raquette contre le mur, j'ai ouvert ma porte et suis entré en l'oubliant. Quand j'ai voulu la récupérer, elle n'y était plus. Comme je l'avais payé 3 francs 6 sous, soit 0,466 euro, je n'allais pas porter plainte pour le vol !

Comme je n'ai plus de question et qu'il m'a soulé avec son histoire, je le salue et redescends vers le hall de l'immeuble. L'escalier sent bon la cire à l'ancienne ! J'en profite pour prendre quelques notes avant de retourner rue de Miromesnil, en faisant un crochet par une boutique qui vend des Bo buns.

12. Les conclusions du légiste.

Alors que je somnole tranquillement, Ata, qui est entré sans bruit, me passe une note m'indiquant que le légiste a appelé ; les résultats de l'expertise légale sont disponibles. Comme je me sens paresseux, je décide d'aller moi-même à l'Institut Médico-légal, ça me donnera l'occasion de me détendre un peu durant le trajet. Je prends le métro à la station Champs-Élysées-Clemenceau, direction Château de Vincennes. À Bastille, je prends la ligne 5 en direction de la porte d'Italie et descends quai de la Rapée. Quand j'arrive à l'IML, l'odeur de désinfectant et de formol me prend les narines et me fait regretter à la fois ma décision et le Bo bun. Par chance, Duplessis est dans son bureau et m'accueille d'un large sourire.

–   Comment vas-tu, ma poule ? lui dis-je en lui serrant la main.

–   Comme un coq en pâte. La présence de tous ces morts me remplit d'allégresse, dit-il ironiquement !

Il continue :

–   J'ai fini l'autopsie ; laisse-moi retrouver le dossier et je t'en donne les conclusions. Ah, le voilà, dit-il après avoir déplacé l'une après l'autre les diverses piles de documents qui encombrent son bureau.

Duplessis et moi avons beaucoup de ressemblances. L'accumulation de documents en est une ! Nous sommes loin du syndrome de Diogène, mais si nous n'y prenons pas garde, nous terminerons l'un et l'autre prisonniers dans un appartement dans lequel plus personne ne pourra entrer, ni nous, sortir. Après avoir trouvé le dossier, il cherche ensuite ses lunettes ! Je me pose la question de savoir comment il a pu le trouver. Il passe successivement en revue le bureau, les meubles environnants, ses diverses poches, pour constater qu'elles sont sur le haut de son crâne. Il les redescend d'un geste seigneurial et commence la lecture.

— Bien, dit-il professoral, à l'examen externe, on note la présence de 5 contusions provoquées par des objets différents. L'ensemble des contusions se localise sur l'arrière du crâne, précisément sur la jonction pariéto-occipitale. Les coups ont été assénés avec une certaine violence, mais avec des objets, à l'exception d'un seul, ne présentant pas une résistance suffisante pour provoquer de sévères lésions. Un des objets était manifestement plus pesant que les autres et a induit une blessure plus profonde. Il est à noter qu'aucune des blessures n'a provoqué de saignement important. Seules quelques légères traces de sang sont notées sur, ou à proximité des lésions.

— Tu es en train de me dire qu'il n'a pas saigné ?

— C'est tout à fait ça, pour la simple raison que quand on l'a frappé, il était déjà mort !

— C'est-à-dire ?

— C'est simple, le juge des Proges est mort d'une crise cardiaque antérieurement aux coups qui lui ont été assénés, probablement entre 22 h et 23 h.

— Tu me dis que les coups qu'il a reçus n'ont servi à rien parce qu'il était déjà mort ! Répété-je, surtout pour moi-même et intégrer l'information.

— C'est cela même !

– Je n'y comprends rien ! Tenter de tuer un mort ne présente aucun intérêt majeur, dis-je davantage pour moi-même que pour alimenter la discussion.

– Oui, je confirme : dit-il.

Je réfléchis et demande :

– As-tu pu déterminer de quelle manière les coups ont été assénés ?

– Oui. Ils ont été portés principalement à l'arrière de la tête par quelqu'un, ou plus probablement par plusieurs personnes qui étaient dans son dos.

– Plusieurs personnes ! Il y avait plusieurs personnes ?

– Oui, je t'explique comment nous en sommes arrivés à cette conclusion.

Il jette un rapide coup d'œil sur son dossier et continue :

– Nous savons quels sont les objets qui ont été utilisés. J'ai reçu le rapport du labo et je pense qu'effectivement nous les avons tous identifiés. Il y a eu une pelle, une canne de marche, une raquette de tennis en bois, un pommeau de bronze et cerise sur le gâteau, une brosse à cheveux. Des traces ADN ont été trouvées sur chacun de ces objets ; toutes appartiennent au juge. Par contre, aucune empreinte digitale ; tous les objets ont été consciencieusement nettoyés. Il y a de très fortes probabilités que l'ordre des coups ait été le suivant. Tout d'abord la canne de marche, qui a laissé une trace assez longue. Cette dernière a été recouverte par le milieu, par une entaille assez profonde, sans toutefois atteindre l'os du crâne, et causée par un des côtés de la pelle en métal. À l'intersection des deux premières blessures, on observe un écrasement qui a été provoqué par le pommeau de porte, retrouvé dans une vasque sur les lieux. On constate ensuite deux lésions, dont une recouvre en partie les blessures précédentes et l'autre est à quelque distance du côté opposé. Ces dernières lésions ont très probablement été provoquées par le bord de la raquette en bois qui a été utilisée pour frapper un coup droit, puis un revers — jeu, set et match ! — à gauche du crâne. La brosse à cheveux a incontestablement été utilisée en dernier, après que les autres coups aient été portés. Si cette brosse avait été accrochée dans ses cheveux dès le début, elle aurait protégé le crâne des coups avec les autres objets.

–   Donc, en clair, ce que tu me dis c'est que le juge des Proges est mort d'une crise cardiaque et que divers individus sont ensuite allés le frapper. Qu'est-ce qui te laisse penser qu'il s'agit d'individus différents ?

–   Les orientations des impacts tout d'abord : Elles laissent penser qu'il s'agit de personnes de tailles, et surtout de forces différentes, car les angles des impacts et les profondeurs des lésions sont très variables. Seul le pommeau de porte, qui est un objet assez pesant, pouvait éventuellement assommer du juge, mais surement pas le tuer. Tous les autres pouvaient peut-être lui faire mal, mais en aucun cas n'étaient susceptibles de créer des blessures capables de causer la mort. Non, le pauvre homme est mort, et des amateurs, probablement animés d'un désir de vengeance, ont profané sa dépouille en lui assénant différents coups.

Finalement, j'étais heureux d'entendre ce que Duplessis venait de dire. Si le juge des Proges était mort de mort naturelle avant qu'il ne reçoive quelques coups, qui eux ne l'étaient pas[65], il n'y avait pas besoin d'enquête.

---

[65] Naturels !

– As-tu transmis ton rapport au greffe ?
– Non, comme d'habitude, j'attendais de te voir, ou un de tes collègues. Seule la première partie du rapport qui indique que le juge des Proges est mort de mort naturelle a été entrée en informatique et fera partie des archives. Le rapport sur les objets utilisés et l'ordre des coups, dit-il en me tendant le dossier, comme tu pourras le constater est entièrement manuscrit et il n'en existe aucune copie. D'ailleurs, j'ai même oublié ce que j'ai écrit ! J'ai quand même précisé qu'il était mort d'une crise cardiaque alors qu'il était en train de se coiffer pour justifier la présence de la brosse à cheveux. Également, du fait qu'il n'a aucune calvitie, je l'ai soigneusement coiffé de manière à masquer les cicatrices laissées par les divers objets. Ni la famille ni personne ne remarquera les traces qu'il porte sur le sommet du crâne. Cela te convient-il ?

Duplessis est un homme d'une délicatesse extrême. Il sait très bien ce que je fais, et surtout comment je le fais. Dans cette longue collaboration qui a été la nôtre, par une sorte de prescience, il m'a toujours préparé le terrain afin que je puisse me diriger vers une « solution de l'affaire » logique et incontestable.

– Mon cher Duplessis, collaborer avec toi est toujours un immense plaisir, dis-je en mettant le dossier « officiel » dans ma sacoche.

Par contre, je place les feuillets manuscrits dans la poche intérieure de mon veston. Je lui signe le bordereau de décharge sur lequel est indiqué le nombre de pages du rapport. Très judicieusement, il n'en a mentionné que deux !

– Voilà donc une affaire rondement menée. Merci de ton aide et de ta rapidité. Merci aussi pour les détails que tu nous as fournis sur ce qui s'est passé après le décès. Passe me voir un de ces jours au poulailler, rue de Miromesnil, nous pourrons déjeuner ensemble.

– OK, me dit-il. Mais tu sais, je n'ai pas beaucoup de temps et Paris est une grande ville. Et nous, pauvres légistes, sommes si peu nombreux !

Je sais qu'il ne le fera pas et je m'étonne un peu qu'il fasse dans le syndicalisme. Cela fait des dizaines de fois que je lui propose de déjeuner, mais il n'est jamais venu. J'en arrive à me demander s'il aime autre chose que le formol. Je me dirige vers la gare de Lyon où je prends la ligne 1 en direction de la Défense. Je descends à Franklin Roosevelt et m'attarde à regarder les vitrines des galeristes de l'avenue Matignon, peu pressé de rejoindre le bureau.

13. Le fils du juge.

À peine arrivé, je réunis tout le monde afin de leur expliquer ce que m'a indiqué le légiste. À la suite de mon exposé, Isabelle me demande malicieusement :

– Alors, qu'est-ce qu'on fait Patron ! On les arrête tous ?

Je comprends à ses yeux plissés par le sourire qu'elle sait déjà ce que j'ai en tête. Je réponds :

> – Bien sûr, mais avant on convoque la presse. Il est important que tout le monde sache que la police fait consciencieusement son travail et que croire que l'on a commis un crime est aussi grave que de l'avoir réellement perpétré ! Non, dis-je plus sérieux, on va clore l'affaire, mais il va falloir mettre un peu d'ordre dans les documents et dans le scénario qu'on va leur servir.

Notre seul problème à la division des affaires à classer, c'est d'être certain que nous ne laissons derrière nous aucun élément qui puisse permettre d'invalider l'enquête. Si la police criminelle doit être au-dessus de tout soupçon, ce qu'elle est de fait, cela lui est facile de le prouver par l'accumulation des documents et preuves. Ne le répétez pas, mais pour nous, c'est l'inverse, puisque nous sommes davantage dans l'interprétation de faits que dans l'expression de La Vérité. Que l'on puisse penser que nous n'avons pas réalisé correctement notre travail est simplement inacceptable, et avec la mauvaise foi dont je fais profession, tout doit donc être écrit, orienté et organisé de façon à apporter la certitude, que tout ce que nous accomplissons est en accord avec les procédures[66]. En clair, et comme à chaque fois, chacun (Isabelle, Ata, le petit Bussard et moi-même) devra analyser tous les documents et ne conserver que ceux qui sont en relation directe avec les conclusions auxquelles nous sommes arrivés ; ou plus exactement celles où nous avons décidé d'arriver ! Dans le cas présent, nous ne conserverons qu'une sélection des notes d'interrogatoires et le rapport du légiste dans son intégralité (du moins des deux pages officielles), ce qui nous permet de conclure à une mort naturelle. Par un oubli stupide, mais sans conséquence sur les conclusions de l'enquête, nous ne mentionnerons pas la recherche faite dans les documents trouvés au domicile du juge, ni la nature du contenu de ceux que nous avons emportés, non pas pour les mettre aux scellés, mais pour les planquer dans les trois cachettes très secrètes dont seul Bussard, Isabelle et moi-même avons accès. En fait, aucun de nous ne connait celle des autres. La possession de ces archives organisées de cette manière nous permet de jouir d'une tranquillité très peu commune dans le monde de la police. Même ceux qui n'ont

---

[66] Il s'agit bien évidemment des procédures ISO/IEC 30121:2015, Information technology - Governance of digital forensic risk framework, ISO/IEC 27042:2015, Information technology - Security techniques - Guidelines for the analysis and interpretation of digital evidence, ISO/IEC 20000 -1:2005 (BS 15000-1), Information technology - Service management — Part 1 : Specification et ISO 11665 series of standards will help to reduce health risks due to exposure to radon in taking measures for preventing and mitigating radon effect. Ne me demandez pas ce que vient faire la procédure pour réduire les risques sur la santé liés à l'exposition au radon. C'est juste pour faire sérieux dans les références que personne ne lit !

aucune casserole font feinte d'être nos amis ; on ne sait jamais ce qui pourrait arriver dans le futur ! Je continue :

> – Comme d'habitude, chacun établit la liste des documents dont il est possesseur et, ensemble, nous organisons le dossier « officiel » dont nous ferons des copies.

Comme il va falloir que nous remettions notre rapport assez rapidement, je décide de passer à l'appartement du juge et de procéder à une dernière vérification avant d'en libérer l'accès. Ne sachant pas ce que je vais y trouver, je décide de passer chez moi prendre ma voiture dans mon parking, le fameux cabriolet Dyna Panhard 1957 dont je vous ai déjà parlé.

Bien évidemment, quand j'arrive rue César Franck, aucune place de parking n'est disponible. Je me gare donc sur le passage piéton juste à côté de l'immeuble, j'abaisse le pare-soleil du siège passager avant qui porte la plaque « Police[67] », et rentre dans l'immeuble. Mme Laspales est en train de discuter avec un personnage plus grand et beaucoup plus mince qu'elle et détenteur d'une pilosité que je qualifierai de pauvre. En me voyant, elle se tourne vers son interlocuteur et lui dit :

> – Tenez, voilà le Commissaire de Pochard, vous n'avez qu'à parler directement avec lui.

L'énergumène se précipite vers moi en disant :

> – Je suis Philippe Chevalier, me dit-il, je suis le fils du juge des Proges.

Je le regarde négligemment à la manière expressive d'un merlan tiède ayant pris un coup de soleil en lorgnant une raie sur l'étal du poissonnier.

---

[67] Ce qui est totalement illégal dans le cas d'une voiture personnelle, mais que je fais fréquemment.

– Oui ?

– Je trouve cela inadmissible, je ne peux pas entrer dans l'appartement de mon père. Pourtant je suis son fils !

Décidément, la logique de sa pensée me laisse presque sans voix. Je récupère mes ressources et dis :

– Je le regrette, mais il n'est pas possible de pénétrer sur une scène de supposé crime tant que les prélèvements ne sont pas terminés.

Encore un pieux mensonge !

– Oui, mais je dois faire l'inventaire de ce qu'il y a dans l'appartement !

– À ce stade, nous ne pensons pas que quoi que ce soit ait disparu. L'enquête nous oriente vers une mort naturelle. D'ailleurs, le corps est disponible à l'institut médico-légal et vous devriez contacter le professeur Duplessis pour les formalités. Il reste quelques analyses à réaliser sur les lieux ; continué-je, confirmant ainsi ma propension au mensonge éhonté.

Je sors mon carnet et lui note le numéro de Duplessis. J'arrache la page et la lui remets.

– Je ne peux pas vous dire précisément quand vous aurez accès à l'appartement, mais nous ne manquerons pas de vous informer dès que ce sera possible.

– Mais ce n'est pas vrai ! s'énerve-t-il, je vous demande de me laisser entrer, j'ai le bras long, précise-t-il.

Immédiatement, mon sens de la répartie se met en branle et j'ai vraiment envie de lui demander si ça ne le gêne pas pour atteindre certaines parties de son anatomie. Je décide cependant de rester impérial.

– Mr, quelle que soit la longueur de votre bras, je ne peux pas vous autoriser à entrer dans l'appartement tant que l'enquête n'est pas close. Comme je vous l'ai dit, vous serez informé lorsque ce sera possible. Je vous salue Mr, dis-je, péremptoire, en me dirigeant noblement vers l'ascenseur.

– Vous allez entendre parler de moi, s'écrie-t-il en prenant le chemin de la sortie.

De son côté, Mme Laspales semble attristée de mon absence de collaboration avec le sieur Chevalier. Probablement, pense-t-elle qu'ils formeraient un beau couple ? Selon moi, un couple de comiques, tout au plus !

Dans l'appartement, je traverse les différentes pièces les unes après les autres. J'ouvre consciencieusement tous les placards de la cuisine et de la salle de bain sans rien noter de particulier. Dans la chambre, les livres sont toujours parfaitement disposés par terre, sur les tables et les étagères et la grande armoire à glace ne contient que des vêtements. Face au lit se trouve un écran de télévision relié à un magnétoscope. La télévision n'est connectée ni à Internet, ni à la fibre, ni même à un câble coaxial. Il semble donc que le juge des Proges ne l'utilisait que pour regarder des cassettes ou des DVD. Effectivement, dans le meuble sous la télé, je trouve toute une série de cassettes et de DVD sur l'art. Il est clair que le juge savait rigoler !

Dans le grand salon où le juge est décédé et dans la salle à manger, pièces encombrées d'objets, je ne trouve aucun document présentant un intérêt. Sur le bureau du salon, comme Ata me l'avait indiqué, divers documents et quelques papiers sont disposés, dont notamment plusieurs exemplaires d'un bail au nom de Marie pour la chambre de bonne. Un montant de 900 € est indiqué au crayon papier. En dehors de quelques factures récentes relatives à l'appartement, rien d'autre. J'ouvre le tiroir du meuble où quelques crayons, un stylo encre et du matériel de papèterie ; dont une gomme, une règle, une agrafeuse et quelques enveloppes de différents formats ; me regardent, surpris d'être dérangés. Dans un coin du tiroir, quelques clés dotées d'une étiquette indiquant « 6ème » ou « cave ». Je les prends et décide de monter visiter les chambres de bonnes.

Le long du couloir se répartissent les portes des chambres ; une dizaine. La seule que je connais est celle de la petite Marie. Je frappe légèrement et j'entends sa voix demander :

- Qui est là ?
- Commissaire Pochard. Puis-je vous demander un renseignement ?

Elle ouvre la porte et je vois à son visage lumineux qu'elle est heureuse de s'interrompre dans ses révisions. Je ne m'illusionne pas, ce n'est pas ma présence qui est la cause de son bonheur. J'aperçois par la porte entrouverte des monceaux de papiers sur le lit, la petite table, le sol ; en fait, partout ! Elle m'explique en suivant la direction de mon regard :

- Mon examen est proche. C'est la dernière ligne droite et je me suis levée tôt pour réviser.
- Désolé de vous déranger, je voulais juste savoir si le juge des Proges avait une autre chambre à l'étage.
- Oui, me dit-elle en sortant son buste de la chambre et en me montrant une porte sur sa gauche.
- C'est la 3e là-bas, à droite, je pense qu'il devait y stocker des affaires, car il y venait régulièrement. Il en profitait bien évidemment pour passer me voir en ayant toujours ce discours plein de sous-entendus. De toute façon, je ne pourrais pas assumer le montant du loyer qu'il m'a indiqué et dès que j'ai fini mes examens je cherche une autre chambre. Ce ne sera pas facile, mais j'espère que je trouverai quelque chose dans le quartier, car c'est bien pratique d'être à côté de Necker.

Elle est tellement gracieuse que j'ai envie de lui faire plaisir. Je lui dis :

- Il me semble qu'il a signé le bail, mais je vous avoue que je n'ai pas fait attention au montant de la location. Je vérifierai et viendrai vous le dire. Excusez-moi de vous avoir dérangé pendant vos révisions, je sais que c'est important.
- Ne vous inquiétez pas, cela m'a permis de faire une petite pause, j'en avais vraiment besoin. Je vous souhaite une belle journée, Mr le Commissaire, dit-elle en refermant la porte.

Je me dirige vers la porte qu'elle vient de m'indiquer et trouve rapidement dans le trousseau la clé qui permet de l'ouvrir. La chambre est plutôt une sorte de mini-appartement composé de deux larges pièces. Le séjour est spacieux et très joliment meublé avec un lit 1930 à une place, une petite table Majorelle et un bureau du même style, mais non signé. La deuxième pièce est divisée en une cuisine et une petite salle de bain avec toilettes, lavabo et douche à l'italienne. Manifestement, les travaux sont récents, car il règne une légère odeur de peinture. Les placards sont vides, mais sur le bureau, deux cartons de taille moyenne sont remplis de chemises portant la mention manuscrite de leur contenu.

Je sors quelques dossiers du premier carton et commence à en vérifier la teneur. Sulfureux ! Que des affaires concernant des ministres, des sénateurs, des députés, des dirigeants de grandes entreprises du CAC 40. J'y trouve même un dossier sur Enguerrand qui… non ! Ce n'est pas possible ! Il y a aussi un gros dossier sur le chef du parti des Républicains. Non… !? À peine croyable…, il aurait… Stupéfiant ! Un membre du PCF aurait installé un réseau de contrebande de tickets de métro… Incroyable ! Un groupe d'écologistes aurait même dealé de l'alfalfa coupé avec du tofu… que ne ferait-on pas pour de l'argent ! Et le pire, Sainte Marine, Patronne du Racemblement, aurait investi à titre personnel des sommes importantes provenant des caisses du parti dans des foyers Sonacotra et des hôtels de marchands de sommeil. Y'a plus de morale ! Je trouve également quelques feuillets avec mon nom indiqué en haut de page ! Tiens, il était au courant pour ça… ? Et ça aussi… ! Que des pièces originales. Comme ce n'est pas très épais, je les plie en quatre, et les glisse dans la poche de ma veste, ni vu ni connu. Vous ne saurez pas ce qu'ils contiennent !

Je passe à peu près deux heures à tout consulter et vais de surprise en surprise. Au passage, je sélectionne quelques dossiers que je considère sans importance et que je remettrai aux personnes concernées. Cela donne l'impression que je fais mon travail et ne conserve rien pour moi-même. Pour les autres, j'en fais mon affaire. Ils rejoindront tout ce que nous avons collecté à la DAAC depuis notre création.

Je prends les deux cartons et les rapporte l'un sur l'autre dans l'appartement. Finalement, je décide de les emporter avec moi aujourd'hui même. Je fouille dans ma sacoche et sors un rouleau d'un large ruban adhésif jaune fluorescent sur lequel est écrit « Scellés : Pièces de Justice ».

Dans l'appartement, j'en profite également pour m'approprier dans la bibliothèque le carton que m'avait signalé Ulysse et qui contient l'importante somme d'argent. Rassurez-vous, s'il nous arrive parfois de prélever ainsi de l'argent sur une scène de crime, ce n'est jamais dans un but d'enrichissement personnel, ni même pour notre service, mais pour une utilisation, qui, si elle n'est pas toujours absolument légale, apparaît, à nos yeux du moins, comme totalement légitime. J'entoure les trois cartons de scotch fluorescent et par chance je trouve dans la cuisine un grand sac IKEA qui me permettra de descendre tout ce matériel jusqu'à ma voiture. J'ai toujours dans ma poche les feuillets me concernant et y place à côté le dossier sur Enguerrand.

Je décide de protéger la petite Marie !

Je prends les exemplaires du bail, et, avec la gomme et le stylo que je trouve dans le tiroir, je les transforme à mon goût. J'ai par chance un certain talent pour imiter les écritures. Avec tous les documents autour de moi écrits de la main du juge, je n'ai aucune difficulté à m'exercer. Après quelques essais, je possède sa main et ajoute le délit de faux et usage de faux à la longue liste de mes imperfections. J'en prends un exemplaire que je glisse dans une enveloppe et que j'adresse à Marie, xx rue César Franck, 75015 Paris. Dans un tiroir, je trouve également un carnet de timbres d'où j'en tire un que je colle sur l'enveloppe. Elle rejoint dans ma poche les documents qui me concernent et ceux sur Enguerrand. Je referme l'appartement et descends par l'ascenseur, sans oublier le sac IKEA, plus pour son contenu que pour son esthétique.

Dans le hall, Mme Laspales, des spirales monstrueuses dans les yeux, est en train de parler avec le fils du juge des Proges, qui est revenu. Me voyant passer avec les cartons, il m'agresse :

— Que faites-vous avec ces cartons ? Qu'y a-t-il dedans ?

— Ces cartons contiennent des documents de justice qui n'ont aucune raison de se trouver dans l'appartement de votre père ! Si en tant que juge il pouvait y avoir accès, vous, vous n'y avez pas droit ! Nous allons en faire une analyse et s'il y a des documents qui sont de nature personnelle, ils vous seront restitués. Les documents de justice seront remis au greffe du palais de justice.

— Quand aurais-je accès à l'appartement ?

— Comme je vous l'ai indiqué, dis-je patiemment, vous aurez l'autorisation d'entrer dans l'appartement dès que l'enquête sera officiellement close, et je suis heureux de vous annoncer que cela ne saurait tarder.

- Également, me dit-il, il semblerait que mon père ait loué une chambre de bonne à une jeune femme qui ne cesse de le harceler.

Là, les bras m'en tombent ! Imaginer la petite Marie en train de harceler qui que ce soit relève de la science-fiction, que dis-je, de l'affabulation, de la légende ou de la mythologie ! Je choisis néanmoins d'apparaître compréhensif de manière à orienter la situation dans la direction que je souhaite. Je ramasse donc mes bras, les fixe provisoirement là où ils doivent être et dis :

- Oui, nous sommes au courant, mais ne vous occupez de rien pour l'instant. Je vais voir ce que nous pouvons faire pour vous aider.

- Je vous remercie, Mr le Commissaire, dit-il, soudain reconnaissant.

- Puis-je vous demander de me laisser quelques minutes avec Mme Laspales, j'ai besoin de m'entretenir avec elle sur des points concernant la clôture de l'enquête, qui bien évidemment sont confidentiels ?

- Je comprends, dit-il. Quand pensez-vous que j'aurais accès à l'appartement ?

Décidément, il est têtu !

- Comme nous sommes proches de la fin de la semaine, je pense que ce ne sera pas avant lundi. Voulez-vous passer lundi à mon bureau prendre les clés ? Ou souhaitez-vous que je les fasse déposer chez Mme Laspales ?

Bizarrement, à cette évocation, j'ai l'impression que le lombric se verrait très bien en train d'asticoter la délicieuse Mme Laspales !

– Laissez-les donc à Mme Laspales ; je les récupérai dès que ce sera possible. Voici ma carte, si vous pouvez me faire prévenir.

– Parfaitement, dis-je, faisons ainsi !

Il s'en va après nous avoir salués. Je vois que Mme Laspales est toute frétillante et pour tout dire je la sens un peu triste du départ de l'abominable rejeton.

– Mme Laspales, je voulais vous indiquer que j'ai découvert que le juge des Proges avait décidé de louer le studio du 6ᵉ à Mme Marie. Il avait, semble-t-il, prévu de lui faire faire le déménagement durant le week-end.

Je précise cela pour préparer le terrain. Je sais bien qu'elle n'osera pas demander d'explications à qui que ce soit.

– C'est une bonne nouvelle, me dit-elle. J'espère simplement qu'elle pourra en payer le loyer.

– Ça, je ne sais pas ! dis-je hypocritement.

Je me dirige vers ma voiture et dépose dans le coffre les trois cartons, ainsi que les quelques dossiers incluant le mien et celui d'Enguerrand. Je rapporte ensuite le sac IKEA à Mme Laspales, en lui demandant de le remettre dans l'appartement lorsque je lui aurai rendu les clés. Je rejoins rapidement la rue de Miromesnil. Durant le trajet, j'appelle Ata pour lui demander de m'attendre dans la rue pour récupérer les colis.

Il y est quand j'arrive. Je me gare sur une place de livraison avant d'ouvrir mon coffre et lui donner les deux plus gros cartons. Celui qui contient l'argent reste dans mon coffre. Bien évidemment, le dossier qui me concerne et celui d'Enguerrand restent également dans ma poche.

– Ata, voilà les dossiers que j'ai trouvés chez le juge, vous verrez, c'est du sérieux. Je sais que c'est du travail, mais il faut en faire trois photocopies.

L'original et deux photocopies seront pour nos archives, une sélection de la 3ᵉ série de photocopies ira probablement aux personnes concernées. Nous ferons le tri ensemble. Je conserve le dossier concernant Enguerrand. Je lui remettrai moi-même !

Inutile de préciser que je ne fais aucune mention du dossier qui me concerne. Ata me dit :

- Je file, Padron, je n'ai pas de nouvelle d'Elsa et son téléphone ne répond pas. À demain Padron, dit-il en s'enfuyant.
- À demain Ata.

Je retourne chez moi et sur le chemin je poste la lettre pour la petite Marie[68].

---

[68] On dirait du Cabrel !

14. Sale temps pour Enguerrand.

Comme souvent, avant de rentrer chez moi, je passe au Carrefour City. Ce soir, par bonheur, la petite brune est là. Je m'approche d'elle avec la classe ondulante d'Aldo Maccione et avec la ferme intention de lui demander où se cachent les boîtes de cassoulet. Elle me voit arriver et me fait un sourire prometteur. Je m'apprête à lui répondre d'un sourire encore plus appuyé lorsque mon portable se met à sonner. Au lieu de continuer à m'approcher de la belle, comme un crétin, je me retourne et je réponds :

    – Allo, Pochard à l'appareil !

J'entends Enguerrand qui me demande si tout va bien. Je lui réponds que tout est sous contrôle et lui indique que ça me ferait plaisir qu'il passe me voir. Je lui précise que j'ai trouvé un livre rare chez un bouquiniste. C'est notre code lorsque nous avons à échanger des informations confidentielles.

La petite brune convaincue au ton douceâtre de ma voix que je suis homosexuel, ou pire, marié, reprend l'examen approfondi des plats préparés bio au boulgour, quinoa et autres abominations de céréales sans goût. J'essaie bien de ranimer le contact, mais je sens que l'instant est passé et que, comme elle est certaine qu'à part les hommes (ou mon éventuelle femme), rien ne m'intéresse, notre avenir est soudain limité. En la voyant prendre une boîte de plat préparé basses calories bio, sans colorants ni conservateurs, je comprends avec beaucoup de tristesse que nous n'avons aucun avenir ensemble !

Un peu perdu dans la morosité de cette histoire d'amour si fraîchement terminée, je saisis ostensiblement devant elle une boîte de saucisses aux lentilles à laquelle j'ajoute des yaourts 100 % de matière grasse. Je fais cela par charité chrétienne, pour ne lui laisser ainsi aucun regret ! À la caisse, je suis juste derrière elle et son léger parfum me trouble. Il me ferait presque accepter un repas à base de soupe de tofu en tête-à-tête avec elle. Mais ce n'est pas le soir, Enguerrand doit passer ! Le devoir avant tout !

Après les saucisses lentilles, deux yaourts et un cachet de citrate de bétaïne, je reprends ma lecture du symbolisme de l'apocalypse dont je vous ai déjà conseillé la lecture. Les 12 vieillards viennent à peine de pénétrer mon esprit par la porte de la Jérusalem céleste que l'on sonne à la porte. Enguerrand est là avec une bouteille de scotch et me dit :

–   J'ai apporté de quoi de boire, j'en ai impérieusement besoin. Quelle sale journée !

Il m'explique qu'il a passé la journée à une formation de la police aux normes relatives aux droits de l'Homme en matière d'emploi de la force. Passionnant ! Le but de celle-ci est, selon lui, de fournir une explication claire « des implications sur les droits de l'homme de l'emploi de la force par les responsables de l'application des lois ». Également, elle permet d'apprendre les procédures à suivre lors de la détection de violations des droits de l'homme résultant de l'emploi de la force. Intérieurement et sans l'exprimer, je me demande à quoi ça sert ! Quand dans la police on matraque quelqu'un, en général, il y a une bonne raison, même si souvent, et c'est ce qui est frappant, elle n'apparaît pas obligatoirement comme telle à celui qui est frappé. Il y a peut-être des masochistes à qui cela fait plaisir. Mais nous, dans la police, nous ne jouons pas à ce jeu-là. Il y a des boîtes spécialisées pour ça !

> – De la sodomie de drosophile, me dit-il. À la fin de ce type de formation, on a l'impression que la police devrait uniquement être là pour éviter les violences policières. Si on pousse la logique jusqu'au bout, il serait préférable de laisser la police dans ses casernements, car on en paie une large partie pour éviter que quelques membres des forces de l'ordre commettent des violences !

Il m'explique qu'à l'issue de cette formation, ils ont également eu droit à une autre sur les circonstances permettant l'usage des armes à feu, et une troisième sur les procédures à suivre quand leur emploi est inévitable. Pour résumer ce qu'il me dit : on a le droit d'utiliser les armes à feu quand on est dans l'armée, pas dans la police, et que l'on est en état de guerre, tout en respectant les conventions de Genève.

Il me fait rire en mentionnant que les formateurs du jour ne connaissaient de la violence que ce qu'ils ont étudié à la fac. Pas un n'a participé une seule fois dans sa vie à quelque force de maintien de l'ordre que ce soit. J'ai du mal à comprendre en quoi, lui, il est concerné. Après avoir fait philo, droit, science-Po puis l'ENA, il n'a jamais été de très près en contact avec les actions des forces de police. Il m'explique qu'il est important que tout le monde connaisse ces normes, de manière à pouvoir les citer (pas appliquer ?) de façon adéquate. De plus, Enguerrand est un homme absolument charmant et envisager un instant qu'il puisse utiliser la force (première aberration) de façon illégitime (deuxième aberration) relève davantage d'un dérangement pathologique des neurones que du cartésianisme le plus primaire, que même un oligophrène pourrait pratiquer. Au 2ᵉ verre de scotch, je lui indique :

> — Malheureusement, ta journée n'est pas terminée ! Durant l'examen des dossiers du juge des Proges, j'ai trouvé ces documents te concernant.

Je lui tends le dossier qu'il commence à feuilleter avec difficulté. Je le vois parcourir les pages avec tristesse, cette dernière s'accentuant avec la progression de sa lecture. Il lève ses pauvres yeux vers moi et me dit :

> — Je me doutais bien que quelqu'un était au courant, mais je vois mal comment le juge des Proges a pu obtenir cette information !

> — Tu sais, lui dis-je, le cheminement des documents est parfois impénétrable. Il suit des voies que parfois le Seigneur lui-même n'aurait pas imaginées. Rassure-toi, lui dis-je, ce sont les seuls documents qui te concernent et je suis le seul à en avoir parcouru le début. Ce sont des originaux, tu peux en être assuré !

Face à un ami, je préfère jouer l'imbécile que celui qui a tout lu en détail et qui sait. Qu'il ait eu cette aventure, cette passade, dirais-je, alors qu'il venait à peine de se marier était indubitablement une erreur. Guenièvre est une femme adorable et je ne vois pas l'intérêt de compromettre sa confiance en son mari, qui je le sais, l'adore. Peut-être même cette erreur a eu un effet très positif dans l'attitude d'Enguerrand vis-à-vis d'elle ; à cause d'un soupçon de culpabilité ! Mais je ne suis pas psy ; c'est son problème ! Je continue à jouer le crétin en lui disant :

> — J'espère qu'il est complet. Je ne suis pas allé jusqu'au bout ; cela ne me concernait pas, ni la justice d'ailleurs !

> — Non, il n'y a rien de plus que ce qu'il y a là-dedans. Puis-je le brûler dans ta cheminée ?

– Oui, mais pas tout d'un coup, je n'utilise jamais cette cheminée pour faire du feu et je n'ai aucune confiance dans le ramonage.

À l'aide d'un briquet qu'il prend sur une table, il brûle une à une les feuilles du dossier. Quand c'est terminé, toute trace d'inquiétude sur son visage a disparu et il me dit :

– Je te remercie. À part cela, as-tu trouvé d'autres documents qui puissent nous intéresser ?

– Oui, il y en a probablement, mais pas tant que ça. Il y a tout au plus un peu moins d'une dizaine de dossiers (c'est le chiffre des dossiers de peu d'importance que j'ai retenu). Il y en a quelques-uns qui concernent ton ministre, me semble-t-il. Les autres sont en train d'être lus en ce moment même afin de nous assurer qu'il n'y a pas d'action qui soit véritablement en contravention avec l'éthique (?) politique, et ils te seront remis. Je te laisserai le soin de les remettre aux intéressés.

– Quand pourrais-je en disposer ?

– Demain, je pense, samedi matin au plus tard.

– Très bien, encore merci. On s'en prend un dernier ?

– Je veux bien, mais uniquement si tu prends un taxi. Il est hors de question que tu conduises après tout ce que tu as bu !

– Ne t'inquiète pas, je suis avec une voiture du ministère qui m'attend en bas. Je n'aurai pas à conduire.

Quand il est parti, j'ai une pensée nostalgique pour la petite brune, mais après mes ablutions, je l'ai oubliée. Quelle inconstance !

Je vais me coucher !

15. Hubert fait le Poirot !

À 4 h 43 du matin, le tapage indescriptible qui se produit dans mon cerveau me réveille et me laisse comme un imbécile assis sur mon lit dans l'obscurité d'une chambre désespérément et chroniquement silencieuse. Après un coup d'œil à gauche, un coup d'œil à droite, puis sur le dos en regardant le plafond, que je ne vois pas dans l'obscurité, je me décide à me lever. Je suis énervé et il faut que je fasse quelque chose pour calmer mon irritation.

Je décide de clore cette affaire aujourd'hui. J'attends néanmoins 7 h avant d'appeler Ata et le prévenir que je vais faire le débriefing rue César Franck. Je lui demande de venir avec un magnétophone. Je lui préciserai en début de matinée à quelle heure il devra être là.

À 8 h, j'appelle l'un après l'autre les habitants de l'immeuble en leur demandant de se présenter à 10 heures à l'appartement du juge des Proges. Je rappelle Ata pour lui demander d'être sur place à 9 h 30.

À l'heure précise, Ata est là, Ata est là, Ata est là et Elsa ne le voit pas[69]. Il installe le magnétophone et m'indique brièvement son fonctionnement. J'ai juste besoin de savoir où appuyer pour démarrer et où presser pour arrêter !

---

[69] Sur l'air de « le Soleil a rendez-vous avec la lune ». Petit hommage au grand Charles. Non, pas celui-là, l'autre, Trenet, le chanteur !

À 10 heures précises, on sonne à la porte. Ils sont venus, ils sont tous là, dès qu'ils ont entendu ce cri[70]. Mme Laspales tient à la main une enveloppe sur laquelle je reconnais mon imitation de l'écriture du juge des Proges. Elle me dit :

– Puis-je porter cette lettre à Mademoiselle Marie ?

– Faites, mais revenez vite !

Elle s'exécute.

Je les installe tous dans le séjour et j'occupe moi-même le fauteuil dans lequel le juge est décédé. Je les regarde tous un à un dans un panoramique appuyé, façon Cecil B. DeMille ; non, plutôt B. DeCent vu le faible nombre de figurants !

La tension est palpable. Ils sont anxieux en attendant ce que je vais leur apprendre. Je sens que certains espèrent que je me tromperai et qu'ils passeront à travers les gouttes ; c'est bien mal me connaitre.

Dès que Mme Laspales est de retour, je commence :

– Comme vous le savez, et vous le savez même très bien, le juge des Proges est décédé le dimanche 23 décembre entre 22 h et 23 h 30. Son corps a été découvert ici même par Mme Laspales. Le juge était présumé mort dans ce fauteuil dans lequel je suis moi-même présumé assis. Maintenant, voyons comment les choses ont pu se passer.

Un silence !

– Tout d'abord, précisons le contexte. Aucun d'entre vous n'aimait le juge des Proges. Non seulement vous ne l'aimiez pas, mais vous le détestiez. Pourquoi donc ? Tous pour un seul et même motif : son attitude vis-à-vis de Marie X.. Pour une raison que l'on peut aisément comprendre, vous avez tous de l'affection

---

[70] Sur l'air de « la Mamma ». Grand hommage au petit Charles. Non, pas celui-là, l'autre, Aznavour, le chanteur !

pour cette petite et vous vous êtes sentis en devoir de la protéger (je fais le balèze en me gardant bien de préciser que j'aurais fait comme eux !). Si chacun d'entre vous voit en Marie une jeune fille honnête et laborieuse, lui voyait la femme ; et il ne voyait même que cela. Marie n'est pas quelqu'un qui se plaint. Elle est du genre Couronne d'Angleterre « *Never explain, Never complain*[71] ». Si elle a pu en quelques occasions exprimer le désagrément que cela lui causait, très certainement, elle n'en a décliné qu'une faible partie. À l'inverse, le juge des Proges ne cachait pas son désir compulsif vis-à-vis d'elle, même auprès de vous. Et compte-tenu que c'était un personnage important doté d'un pouvoir considérable, les uns comme les autres vous vous êtes tus. Vous n'auriez pas dû ! C'est l'occultation de votre propre colère qui a été la cause de ce qui s'est ensuite passé.

J'aime bien faire ce genre de déclaration ! J'ai l'impression de faire une parodie d'Hercule Poirot dans les romans d'Agatha Christie. C'est dans ces moments particuliers que je ressens l'importance du pouvoir que je détiens. Ce pouvoir, ce n'est pas celui d'arrêter les présumés coupables, voire les présumés innocents. Le vrai pouvoir, c'est cette jouissance de faire sentir aux autres que j'ai leur destin entre mes mains. Je suis d'accord avec vous, ce ne sont pas des sentiments très nobles. Ils sont même, pour le moins, peu charitables ! Si j'analyse mon attitude avec sincérité, j'aurais même tendance à me considérer comme un sale c...[72] Mais que voulez-vous, le stress du travail, les relations avec la hiérarchie, qui, je dois le

---

[71] Eh pan ! 135 euros d'amende !

[72] Terme d'origine latine signifiant qu'un individu est stupide et peu plaisant.

reconnaître dans notre cas ne sont que très peu pesantes, l'augmentation du coût de la vie, la dégradation des conditions environnementales, la disparition du thon rouge et des baleines, la corrélative augmentation du prix des fers à repasser et du coût horaire des aides à domicile, et surtout la relation finissante avant d'avoir commencé avec la petite brune du Carrefour City, justifient que je puisse, de temps en temps, m'octroyer quelques petits plaisirs. En plus, par rapport aux personnes qui sont en face de moi, la méchanceté n'a pas réellement sa raison d'être. Dans leur situation, j'aurais probablement agi de même, peut-être même d'une manière plus brutale[73].

Je décide donc d'arrêter de les torturer moralement et je continue. La tension n'est plus seulement palpable, les fronts perlent ; une forte odeur de transpiration s'évade de chemises où des auréoles occupent de plus en plus de place sous les bras.

> — Ce dimanche, un certain nombre d'événements se sont produits qui vont conduire au drame. Le premier s'est déroulé le matin. Mme Laspales surprend Mr Bulot en train de vérifier le contenu des sacs d'ordures.

Je me tourne vers lui :

> — Vous vous êtes énervé et vous lui avez fait remarquer que les habitants de l'immeuble ne triaient pas soigneusement leurs déchets. Vous avez reproché à Mme Laspales de ne pas faire assez attention et de ne pas leur en faire la remarque. Niez-vous cela ?
> — Non, je ne le nie pas. Et je le répète même alors que nous sommes tous réunis ; vous ne faites pas assez

---

[73] Sans en arriver à la faux et usage de faux ! Outil servant à couper par exemple du blé, et accessoirement utilisé par la faucheuse.

attention au tri des déchets ; l'avenir de la planète est en jeu !

Je l'interromps ; le sort de la planète ne fait pas partie de mes préoccupations du moment.

– Je vous arrête !

Si la situation avait été moins tendue, j'aurais sorti des menottes. Humour quand tu nous tiens ! Plus sérieusement, je continue :

– Malheureusement, je crains que notre capacité à changer le monde soit limitée et ce n'est pas le sujet de la réunion d'aujourd'hui. Toujours est-il que suite à cette discussion, Mme Laspales s'est sentie vexée et vous en a voulu. N'est-ce pas Mme Laspales ?

Je me tourne vers elle.

– Oui c'est vrai ! Il ne faut pas me chercher ! Il y en a qu'ont essayé… ils ont eu des problèmes !

– Merci, Mme Laspales, de cette précieuse contribution.

Je continue ainsi :

– Durant la journée, comme la petite Marie refuse (avec raison) de céder à ses avances, le juge des Proges va la voir et lui indique qu'il a signé un bail et qu'il porte son loyer à 900 € par mois. La pauvre petite est effondrée, mais consciente de la proximité de ses examens, elle continue à travailler jusqu'à pratiquement l'heure du déjeuner. C'est à ce moment qu'elle vous rencontre dans le hall, vous Mr Ferraro, Maître Eckhart et vous Mr B., alors que vous êtes en train de discuter. Est-ce exact messieurs ? dis-je dans un regard circulaire.

– Oui, tout à fait. C'était juste avant le repas et je revenais de la boutique ; indique Ferraro. Cette nouvelle nous a catastrophés. Cette petite est un ange.

- Nous nous sommes habitués à sa présence, complète Mr B.. Elle est un rayon de soleil dans cet immeuble, où je dois dire qu'aucun d'entre nous n'est réellement un perdreau de l'année.

- Lui assigner une qualité quelconque serait une erreur, car ce serait lui dénier toutes les autres, ajoute apophatiquement Me Eckhart, conscient de l'incognoscibilité de la nature divine de la petite.

- En plus, commente l'écologiste télégénique, c'est la seule de l'immeuble, probablement avec Mme Laspales, qui opère réellement un tri sélectif de ses propres déchets. Il n'y a pas de poubelle marquée juge des Proges et c'est bien dommage, on aurait tous su où le mettre ; ajoute-t-il méchamment.

Je reprends le contrôle de la discussion en disant :

- Voilà donc le contexte du drame. Celui-ci se noue en fin d'après-midi. L'un d'entre vous, probablement vous Me Eckhart, trouve une brosse à cheveux dans l'entrée de l'immeuble. Je pense qu'à cet instant, vous prenez cette brosse avec l'intention de la rendre un peu plus tard à Mr Ferraro. Peut-être même, avez-vous sonné chez lui, et sans réponse de sa part, vous êtes rentré chez vous avec la brosse. Un peu plus tard, Mr Mulot, vous êtes en train de déposer temporairement en bas de l'escalier les affaires qu'il y a dans votre voiture avant d'aller la garer. Vous voyez Mme Laspales passer avec une pelle à la main et se dirigeant vers la cour intérieure. Vous ressortez garer la voiture.

Un lourd silence a envahi la pièce !

- Mme Laspales, toujours en colère contre vous, décide de se venger en prenant votre canne de marche rétractable, celle que vous avez laissée avec les autres objets à proximité de l'ascenseur. Vous revenez ensuite, toujours en colère contre Mme Laspales qui ne promeut pas assez le tri sélectif, et en représailles vous prenez sa pelle dans la cour. Dans votre irritation, vous remontez chez vous sans constater que votre bâton de marche a disparu. Tout est en place, la tragédie peut s'opérer !

Je sens que nos sympathiques héros commencent à avoir des problèmes de sphincters. Comme je veux que notre histoire reste parfumée à l'eau de rose, je décide de faire une petite pause.

À leur retour, je reprends :

– Vers 21 h 30, le juge des Proges, comme il avait l'habitude de le faire, entrouvre la porte de son appartement et appelle Marie. Celle-ci, dans sa chambre, l'entend, mais décide, compte tenu de l'heure tardive, de ne pas répondre. Entre-temps, le juge des Proges s'installe dans son fauteuil en laissant la porte d'entrée ouverte afin que Marie puisse entrer. Après 1/4 d'heure, il constate qu'elle n'est toujours pas là et l'appelle pour la seconde fois, tout en restant assis dans son fauteuil. Vous avez tous entendu les appels du juge, car vous y êtes habitués. Était-ce la proximité de Noël, le fait qu'il ait annoncé à Marie l'augmentation de son loyer, ou tout autre chose ? Toujours est-il que l'attitude du juge vous apparaît insupportable.

Je ferai bien un autre silence, mais il y en a déjà eu beaucoup !

– Mme Laspales décide de monter au 5ᵉ, non pas pour expliquer au juge comment faire le tri sélectif, mais pour lui dire ce qu'elle pense de son attitude vis-à-vis de Marie. Dans sa colère, elle emporte la canne de marche. Arrivée au 5e, elle constate que la porte n'est pas fermée et la pousse. Elle voit le juge des Proges assis dans son fauteuil et commence à lui parler. Comme il ne répond pas, elle le trouve hautain et lui assène un coup de la canne de marche sur le haut du crâne. Immédiatement, elle prend conscience de la gravité de son geste. Elle essuie la partie de la canne qu'elle tenait à la main et la jette dans la pièce. Elle retourne rapidement chez elle, convaincue qu'elle a assassiné le juge.

Toujours aucune réaction ; je suis donc dans le vrai ! Je poursuis :

– Mr Bulot qui écoute ce qui se passe dans l'escalier a parfaitement entendu quelqu'un monter, sans savoir que c'était Mme Laspales, puis il entend redescendre. Il attend que l'escalier redevienne silencieux, prend la pelle et monte discrètement jusqu'au 5e. Il trouve la porte grande ouverte et voit le juge assis de dos dans son salon. Il le croit endormi et lui assène un violent coup de pelle sur le haut du crâne, à peu près au même endroit où Mme Laspales a frappé avec le bâton de marche. Il essuie la pelle avec le rideau du séjour et la pose dans un coin. Il retourne vers la porte d'entrée, la tire sans la refermer et redescend précipitamment chez lui. Il est persuadé d'avoir assassiné le juge !

Regard circulaire à l'assemblée. Rien ! Électro-encéphalogrammes de zombies !

– Mr Ferraro est lui aussi derrière sa porte, et sans réaliser que la personne s'est arrêtée à un étage supérieur, pense que c'est la petite Marie qui s'est enfuie parce qu'elle a été agressée par le juge des Proges. Son tempérament pseudo-italo/authenticocapilliculteur le submerge et une colère froide l'envahi. N'entendant plus rien dans l'escalier, il monte et au passage dévisse le pommeau de la porte de Mr B. dont il sait qu'il est mal fixé. Il monte jusqu'au 5ᵉ : la porte est entrebâillée, il la pousse et voit le juge des Proges. Sans bruit, il s'approche et lui assène un grand coup de pommeau de porte sur le haut du crâne. Troisième assassin !

Silence sépulcral dans la salle.

– N'est-ce pas ainsi que tout s'est déroulé ?

Je n'obtiens pour toute réponse que de légers hochements de têtes et une suite de quintes de toux ; ce que je prends pour un acquiescement.

– À votre tour Mr B. ! Sous un aspect plutôt tranquille, vous êtes un impulsif. Peut-être ce sont les fêtes, mais vous vous emportez. Vous décidez de faire fêter Noël au juge des Proges ! Vous montez les marches quatre à quatre et vous saisissez au passage la raquette que Me Eckhart a laissée sur le palier. Ni une, ni deux, vous poussez la porte, et tel Marcel Garros[74], prenant la tête du juge pour une balle de tennis, vous vous exercez à quelques services. Un coup à gauche, un coup à droite de la tête du juge ! Vous essuyez la raquette, la jetez dans la pièce, puis, satisfait du labeur accompli, vous retournez chez vous ! Quatrième coupable !

Sa bouche reste fermée et son regard fixe le vide. Silence total ! Je poursuis :

– Maître Eckhart a lui aussi suivi tous les mouvements dans l'escalier. Il ne comprend pas précisément ce qui

---

[74] Frère de Rolland, mais beaucoup moins doué !

se passe, mais toute cette agitation lui laisse envisager que c'est sérieux. Il pense immédiatement que le juge des Proges a agressé Marie et décide d'agir à son tour. En plus, il est convaincu que le juge est celui qui a monté en épingle l'affaire du collier de la reine…, pardon, du casque de moto. Il le soupçonne même d'être celui qui a transmis certains documents à la presse. Il cherche rapidement chez lui quelque chose qui pourrait lui servir pour frapper le juge, mais ne trouve rien. Il se souvient alors de la brosse à cheveux qu'il a déposée près de la porte d'entrée. Il met des gants et la nettoie avec un chiffon. Il la saisit ensuite et monte, puis pousse la porte et frappe le juge d'un grand coup. Il laisse la brosse sur place et referme la porte du mieux qu'il peut avant de retourner chez lui. Cinquième coupable … Ce n'est que beaucoup plus tard que Mme Laspales, prise de remords, remonte au 5ᵉ et constate que le juge ne bouge plus. Elle est persuadée que c'est elle qui l'a tué, mais elle prévient la police.

Je maintiens un silence pendant près d'une minute de façon à accentuer l'effet dramatique.

> – Voilà Mme, voilà Messieurs ce qui s'est passé ce dimanche 23 décembre, veille de Noël. Et après un nouveau silence ; avez-vous quelque chose à ajouter ?

Le silence dans la pièce me fait comprendre que j'ai vu juste de K à Q, de E à J, de A à D et de R à Z, c'est-à-dire du début à la fin. Après des siècles de légendes, pour un instant, je me sens Victor Hugo et me récite intérieurement : « *Et les pâtres lointains, épars au fond des bois, Croyaient en l'entendant que c'était le tonnerre. Les barons consternés fixaient leurs yeux à terre.* ». Un sentiment de fatalité s'est abattu sur eux. Ils sont coupables ; ils ont été pris !

La détresse des gens m'a toujours affectée. Je n'ai jamais supporté voir quelqu'un souffrir, même pour de bonnes raisons, s'il en existe. Dans le cas présent, ces individus se sentaient coupables non pas d'un crime qu'ils avaient commis, mais d'un crime qu'ils auraient voulu commettre. Devant leur détresse, je me sens comme l'inspecteur Bougret et son adjoint Charolles[75], décidé à répandre un peu de bien sur la surface de cette pauvre planète condamnée à disparaître dans les flammes avant l'arrivée du prochain Manvantara[76].

> – Oui Mme, oui Messieurs, c'est comme ça que les choses se sont passées…, et vous devez vous demander lequel d'entre vous est responsable de la mort du Juge !

Nouveau silence de ma part ; en règle générale, je ne suis pas radin en silences ! Je reprends :

> – Tous les coups que vous avez portés n'ont servi à rien ! Ce ne sont pas vos coups qui ont tué le juge des Proges !

Tous les regards se tournent vers moi, le sang circule à nouveau dans les veines de visages empreints d'un courage renaissant. Tel Victor, je les entends me dire *« Je viens vous demander ce dont pas un ne veut. L'honneur d'être, ô mon roi, si Dieu ne m'abandonne, l'homme dont on dira "C'est lui qui prit Narbonne". »*.

Devant une telle ferveur, je leur explique :

> – La vérité est que juge des Proges est décédé d'une crise cardiaque, quelques instants avant que

---

[75] L'inspecteur Bougret et son adjoint Charolles sont des gloires de la police française. On se souviendra de l'affaire particulièrement difficile de la rue Bric à Brăc (en Croatie), qu'ils ont résolue. Rappelons également celle des flippers Gottlieb.

[76] Cycle cosmique selon la tradition indienne.

Mme Laspales n'entre la première dans l'appartement et lui assène à titre posthume le premier coup sur la tête. En conséquence, si vous êtes coupables d'avoir désiré l'assassiner, aucun d'entre vous n'est responsable de sa mort. Je sais que vous l'avez tous fait pour des raisons que vous pensiez bonnes. Croyez-moi, elles sont mauvaises ! La vengeance n'est pas la justice. Cependant, comme le juge des Proges était un homme public, et un exemple pour beaucoup, je pense qu'il n'est pas nécessaire de salir sa mémoire, même pour son comportement pervers. Je ne suis pas un adepte du « Balance ton juge ». Cette affaire est terminée et il n'y aura pas de suite ! Nous garderons cela sous silence. Je vous demande donc de n'en parler à personne et je vous fais la promesse que si l'un d'entre vous révèle ces faits, il aura affaire à moi. J'ai en main tous les éléments qu'il me faut pour vous créer de véritables ennuis, et peut-être pire encore !

Il ne me semble pas utile de leur préciser que je n'ai pas grand-chose contre eux, hormis le fait qu'ils ont frappé un cadavre avec divers objets contondants. Mais il est bien connu que la force de la menace est encore plus grande quand celui à qui vous la destinez ne sait pas précisément ce qui lui est reproché.

> – Il y a une autre raison pour laquelle je vous demande de garder le silence. Peut-être animé par une juste culpabilité, le juge des Proges avait décidé avant sa mort de louer à Marie le mini-appartement qu'il possède au 6ᵉ. Je ne sais pas précisément à quel loyer, mais il m'a semblé qu'il n'était pas très élevé. Je pense qu'elle a dû recevoir un courrier, où qu'elle le recevra très bientôt. Elle pourra probablement donc rester dans l'immeuble et je vous demande de continuer à

prêter attention sur elle tant qu'elle est avec vous. La pauvre petite n'a pas besoin de savoir ce qui s'est opéré à cause d'elle et à son insu. Cela la consternerait plutôt qu'autre chose.

Parfois, mon culot me surprend !

Mr Bulot est le premier et le seul à se lever et à me dire :

– Mr le Commissaire, il est certain que nous porterons la culpabilité de ce que nous avons accompli. Cependant, je pense que je peux m'exprimer au nom de tous ; nous vous remercions de votre magnanimité et nous bénissons le ciel qui a fait que ce soit vous qui ayez été en charge de cette affaire. Notre reconnaissance sera éternelle, et si nos chemins se croisent à nouveau, ce sera dans des circonstances dans lesquelles nous ne vous serons pas présentés comme des coupables.

Il est temps de conclure et de vider les lieux. La tension est trop pensante, mais pour d'autres raisons que celles du début de la réunion.

– Je vais vous demander de sortir, je vais ranger cette pièce et nous pourrons considérer que cette enquête est close. J'espère ne revoir aucun d'entre vous de sitôt.

Je les vois partir en silence vers leur destin. Bon, d'accord, c'est un peu théâtral et j'en fais un peu trop, mais que voulez-vous, on ne se refait pas !

Je remets tout en place, jette un coup d'œil circulaire et referme la porte. Il me reste encore à passer chez Enguerrand pour lui porter les quelques dossiers et à clore cette enquête avec la presse. Je m'interroge cependant : même si les dossiers trouvés sont sulfureux, je trouve qu'il y en a très peu !

De quel lieu la petite clé que j'ai toujours dans ma poche ouvre-t-elle la porte ?

L'Annunciata

16. Les dossiers du juge.

Au bureau, nous organisons la documentation de l'affaire. Autour de la petite table de la salle d'interrogatoire, nous trions les papiers en trois tas ; ceux qui iront aux scellés ; ceux que nous donnerons au ministre ; ceux que nous conserverons pour « nos » archives. Les dossiers qui restent retourneront directement chez le juge des Proges ou iront à la déchiqueteuse.

Laissez-moi vous parler un peu de… « nos archives ». Au cours des affaires que nous avons eu à traiter dans le passé, à force d'étudier des documents, nous avons pu constater que de nombreuses personnalités publiques en conservaient stupidement certains qui pouvaient devenir très compromettants, souvent davantage pour elles-mêmes que pour les autres personnes éventuellement impliquées.

Que voulez-vous, la vie est-ce qu'elle est ! Si la fonction publique nous permet d'avoir un salaire supérieur à celui d'un smicard, elle nous impose également des frais considérables, qui nous sont difficilement remboursés, et quand cela se produit, c'est souvent au prix de tracasseries administratives[77]. En conséquence, pour beaucoup d'écornifleurs de la République, arrondir les fins de mois est devenu comme une sorte de sport ou de seconde nature.

---

[77] Quel comédien je fais !

Je me sens peu concerné, car j'ai peu de besoins et j'ai la chance de recevoir une rente sur les fermages et les cépages de la famille. Pour beaucoup, ces contournements de la loi sont minimes et couvrent à peine les frais réellement engagés. Pour d'autres, et là, je ne parle pas de la police ou des forces de l'ordre qui sont exemplaires, la situation est beaucoup moins claire.

En analysant tous les dossiers qui me sont passés entre les mains depuis que j'exerce ce métier, j'en suis arrivé à la conclusion que dans une vraie démocratie, les déclarations de patrimoine des hommes publics devraient être comme eux : publiques. C'est théoriquement ce qui est fait ! Si on examinait leurs déclarations avant leur prise de fonction, et surtout à la fin de chaque mandat, on aurait pour certains des surprises ! Qu'avec un revenu net moyen d'au maximum 15 000 € par mois (pour les mieux payés), il soit possible pour l'un d'acheter sans apport personnel une grosse villa en Corse, pour un autre un grand appartement dans un beau quartier de Paris, ou pour un troisième un Riad à Marrakech ; et je ne parle pas des nombreux qui cumulent les trois[78], laisse supposer que ces gens ont un sens de la gestion de leur patrimoine très supérieur à celui de la moyenne.

De plus, ce qui les concerne directement n'est que la face cachée de l'iceberg. Faut parfois voir les biens des proches ! Être marié sous le régime de la séparation de biens représente un énorme avantage. En effet, lorsqu'ils sont surpris les doigts dégoulinants de confiture, ils ont ainsi moyen de défendre les avoirs de la famille en affirmant qu'ils sont les seuls à s'être léché, alors que leurs ascendants, conjoints et descendants directs, diabétiques, ne peuvent pas toucher à quoi que ce soit

---

[78] La grosse villa en Corse, le grand appartement dans un beau quartier de Paris et le Riad à Marrakech.

de sucré. C'est incroyable de voir le génie qu'ils développent dans les investissements boursiers, qui sont dignes d'un Madoff avant la crise de 2008.

Quelle que soit l'étendue des bidouillages financiers dans le monde politique, c'est de la roupie de sansonnet par rapport à ce qui se passe dans le monde de la haute finance et des grandes entreprises. À l'abord du cent soixante-huitième samedi de contestation des gilets jaunes, il était impératif que certaines informations restent confidentielles, voire secrètes, de façon à maintenir la paix sociale. Il y a de la dynamite dans ce que j'appelle nos archives, et, avec le temps plus personne ne sait, nous-mêmes y compris, ce qu'il y a réellement dedans et ce qui peut encore exploser. Toujours est-il que la possession de ces documents nous assure un certain confort dans notre travail et lorsque nous abordons les rencontres avec les Présidents, les Sénateurs, les Ministres, et les Politiques de tout poil, nous le faisons avec l'aisance de J. Edgar Hoover face à la Maison-Blanche ou au congrès. Cela nous offre le moyen de leur proposer des marchés qu'ils ne peuvent refuser, sans toutefois utiliser les arguments persuasifs d'un Toto Riina, qui selon moi, présentent un caractère de brutalité dénué de toute élégance.

Il y a ensuite les archives que nous donnons sans faire de copie (du moins, le prétendons-nous !) à notre ministre de tutelle ; ce qui se fait depuis plusieurs années à travers Enguerrand. Il y a là des documents, relatifs à des affaires sensibles ou qui pourraient le devenir, qui resteront totalement inconnus à la fois du public, et même de la brigade financière, des mœurs et de toutes les commissions d'enquête, qu'elles soient sénatoriales ou de l'Assemblée nationale. Beaucoup de ces informations, si elles étaient divulguées, pourraient susciter des crises, ce qui ne présente à mon sens strictement aucun intérêt. Oui, je sais, j'ai une conception de la démocratie que certains pourraient qualifier « de floue ». Je ne sais pas si c'est le fait d'avoir travaillé toutes ces années sur des affaires que certains pourraient qualifier de douteuses, scabreuses ou obscures, mais mon appréciation du bien et du mal est comme l'espace qu'il y a entre le blanc et noir ; les nuances de gris sont en nombre bien plus important, voire en quantité indéfinie[79], par rapport aux couleurs extrêmes.

Dans le monde que je fréquente sur le plan professionnel, la probité est un terme qui ne traduit pas la réalité, car le bien, la justice, le beau, le sain ne sont pas monnaie courante. Par contre, le mal, l'injustice, le laid et le malsain, s'agitent devant nous, telles des marionnettes, dont beaucoup ne voient que les ombres portées sur la paroi de la caverne. J'aime bien citer Platon parce qu'en la circonstance, le public est un peu comme Glaucon[80] et, dans une période complètement inflationnaire sur le plan psychologique, je me sens moi-même comme un Socrate des commissariats.

Pour revenir à nos ~~agnelets~~ dossiers, pour beaucoup des personnes concernées, « l'illégalité » relève davantage de l'erreur de jeunesse ou de circonstances contingentes que d'une volonté établie de s'enrichir, puisqu'il ne s'agit essentiellement que de cela, en piquant discrètement dans les poches des finances publiques. Cela empoisonne ensuite toute leur vie, et leur culpabilité les empêche d'exprimer toute leur créativité dans la transformation de notre société du stade féodal à celle d'une nation éclairée par le siècle des Lumières, portant fièrement l'étendard flamboyant de la République vers

---

[79] Pour ceux qui souhaiteraient faire la distinction précise entre infini et indéfini, la lecture d'Aristote et de René Guénon peut être très utile. Notamment, l'ouvrage du second « Les principes du calcul infinitésimal » (1946) représente une bonne synthèse.

[80] Voir livre 7 de la République de Platon.

les autels de la vertu dans une symphonie de courage, de grandeur et de noblesse[81].

Toujours est-il que j'ai l'impression, et mes collègues aussi, de faire du bien à ma manière, qui est certes très personnelle. Mais comme personne ne sait réellement ce que je fais (je m'attribue tout cela de façon individuelle afin d'éviter d'impliquer mes chers collègues), c'est une affaire entre ma conscience et le principe transcendant, que chacun appelle comme il veut, bien qu'il soit le même pour tous, et que je rejoindrai au terme de ce bref passage dans la corporéité.

Le 3e tas, c'est celui qui présente le moins d'intérêt puisqu'il part aux archives de la préfecture. Je pense toujours avec une certaine empathie aux historiens qui dans 2 ou 3 siècles consulteront nos documents avec l'espoir d'y trouver des informations sur notre mode de vie et sur la manière d'exercer la police et la justice au XXIe siècle. Ils ne seront pas déçus ! Comme il n'y a plus rien d'important dans ces archives puisque les 3/4 du temps nous avons fait disparaître dans les deux premiers tas ce qui présentait un intérêt, il n'y reste que des transcriptions d'interrogatoires, des papiers divers, allant de la liste de courses à la facture d'électricité, et des rapports d'enquêtes rédigés à la hâte sur une Underwood à ruban, en triplicata sur papier pelure avec du papier carbone. Exprimé comme cela, c'est presque du Zola !

Nous portons une attention particulière au passage à la déchiqueteuse. Comme je vous l'ai indiqué, il est impératif que pas un seul document susceptible de remettre en cause une enquête ne reste à la disposition de qui que ce soit. En conséquence, cette opération est exercée par l'un d'entre nous, chacun à son tour, plutôt le soir alors que nous sommes tous présents. Cela se fait généralement autour d'une bouteille

---

[81] Là, en me relisant, je trouve que j'exagère un peu !

d'un whisky dont je tairai le nom, car la publicité pour les alcools est formellement interdite, même dans les romans policiers. Il m'arrive parfois de citer le nom d'un whisky très tourbé, mais ça ne me gêne pas, il y a peu d'amateurs !

Au terme de la réunion, je place les dossiers pour le ministère dans une boîte à archives que j'emporte pour Enguerrand, après m'être assuré qu'il était bien dans son bureau.

Je traverse le bâtiment, passe devant sa secrétaire que je salue et frappe à la porte de son bureau. Il ouvre et s'efface pour me laisser entrer.

– Comment vas-tu ?

– Plutôt bien, et toi ?

Comme je n'attends pas vraiment de réponse, je continue en lui disant :

– Je t'ai apporté les dossiers de la non-affaire du juge des Proges.

– Bien, voyons cela tout de suite, j'ai une réunion avec le ministre dans une demi-heure sur l'organisation des forces de police pour la cent-soixante-huitième journée de contestation des gilets jaunes.

J'évite tout commentaire sur le sujet et sors les dossiers de la boîte à archives.

– Premier dossier ; il s'agit du chef de cabinet de la ministre de la Santé Agnès B.... Rien de très important ! Il semblerait qu'elle ait reçu à titre personnel une invitation à dîner pour deux dans le Burger King de Garges-lès-Gonesse de la part d'un grand groupe pharmaceutique étranger pour la préconisation de vaccins grand public. En plus, elle a pris une grande frite ! C'est clairement de l'engraissement personnel !

– Aucun intérêt, je suis au courant, je le lui donnerai. Au suivant…

– Le suivant, je l'ai à peine survolé, il s'agit de… dis-je en cherchant un nom, ah oui du PDG du groupe… (j'évite de dire le nom) qui a réussi un montage assez fascinant pour verser de l'argent à ton parti.

– Jamais entendu parler, dit-il évasif en le prenant, je transfère…. Au suivant[82]…

Nous passons ainsi en revue une quinzaine de dossiers, tous plus chauds les uns que les autres. J'en arrive à celui que j'ai gardé pour la fin, car il concerne le ministre de l'Intérieur.

Je sens une gêne s'installer et il me dit :

– Non, passe sur celui-là, je ne veux pas savoir ce qu'il contient. Je le lui remettrai directement.

Ce que j'aime chez Enguerrand, c'est son sens de la dignité. Après des siècles de pratique dans sa famille, c'est devenu atavique. Pour ne pas le gêner, je replace l'ensemble des dossiers dans la boîte à archives en veillant à mettre celui qui concerne le ministre en premier. J'ai à peine terminé et reposé la boîte sur son bureau que la porte s'ouvre brusquement et que le ministre entre !

– Ah, de Pochard, vous êtes ici, s'exclame-t-il, souriant !

– Mes respects, Mr le ministre ; dis-je comme il se doit.

– Que nous apportez-vous ?

– Quelques dossiers que j'ai récupérés lors de l'enquête sur le décès, plutôt sur la mort naturelle, du juge des Proges. Il y en a certains qui touchent quelques proches de ministres, mais tout cela reste dans ce que je qualifierai de moyenne nationale. Les montants ne sont pas exorbitants et dans la majorité des cas il ne

---

[82] Petit hommage à Jacques ! Non, pas Chirac, Brel !

s'agit pas d'enrichissement personnel, seulement de versements à des partis ou des associations.

– Il n'y a rien sur moi, j'espère, dit-il en plaisantant.

– C'est le dernier point que j'allais aborder avec Enguerrand au moment où vous êtes entré.

Immédiatement, Enguerrand prétexte un besoin pressant qu'il exprime comme une affaire du même nom et nous quitte.

J'ouvre la boîte, fais semblant de chercher le dossier et le donne au ministre.

– Voilà Mr le Ministre, j'avoue que je n'ai lu que le début. J'ai rapidement compris qu'il s'agissait de vous ou de proches et qu'il valait mieux vous le transmettre directement.

Il ouvre le dossier, parcourt les deux premières pages, il y en a une dizaine en tout, et dit très à l'aise :

– Ah oui, je me souviens, il s'agit du financement de… oui…, c'est une bien vieille histoire…. Merci de Pochard, vous avez bien fait de m'apporter ce dossier. Il est inutile qu'il circule et il y a prescription : dit-il avec ce culot qui m'impressionne toujours.

C'est un peu une caractéristique chez tous les ministres de l'Intérieur que j'ai rencontrés et qui ont été mes supérieurs ; cette capacité à retomber sur leurs pattes mieux qu'un chat. Quelles que soient les circonstances, qu'ils soient impliqués ou non, que ce soit très grave, sérieux ou futile, ils ont réponse à tout. Ils sont capables de retourner complètement une situation à leur avantage. Il continue la lecture des pages qui restent en disant :

– Finalement, dit-il, je ne comprends pas comment le juge des Proges a obtenu de tels documents et pourquoi il les gardait.

Il plie le dossier et le glisse dans la poche intérieure de sa veste. Inutile de préciser où il va terminer !

> – Je vous remercie de votre visite et je vous laisse. Dites à Enguerrand que nous avons une réunion dans quelques minutes et que je compte sur sa présence.

Puis, plus bas, presque à l'oreille, il ajoute ;

> – Est-il au courant pour ce dossier ?

Avec autant de culot et d'assurance que lui, je précise :

> – Non, je n'ai pas eu le temps de lui en parler lorsque vous êtes entré dans son bureau.
> – Bien, bien, de Pochard, à bientôt ; dit-il, amical.

Sa poignée de main est si appuyée que je pense un instant qu'il va emporter mon bras en quittant la pièce !

Enguerrand qui devait guetter son départ me rejoint dès qu'il est sorti !

> – J'ai préféré ne pas être présent pendant que tu lui parlais. Qu'a-t-il dit ?
> – Il m'a demandé si je t'avais mis au courant et j'ai prétendu que non, car je venais moi-même d'arriver. Il m'a paru particulièrement heureux de cela.
> – Merci mon cher Hubert, me dit-il.

Quand il m'appelle mon « cher » Hubert, ça veut dire qu'il est reconnaissant. Je lui ai évité une discussion inutile avec son supérieur. Ça me surprend toujours, car je pense qu'avec ce qu'il sait, il doit avoir le moyen de faire tomber n'importe quel ministre. Mais Enguerrand possède un sens aigu du devoir et de la fonction qu'il occupe. Quand il s'agit de la République, il est comme un spartiate au détroit des Thermopyles qui s'écrie « *va dire à Lacédémone que nous gisons ici par obéissance à ses lois* ». Je ne suis pas héroïque, mais cela me fait penser à « *Viva la Muerte*[83] », synonyme pour certains de « *à bas l'intelligence* ».

— Tu es disponible en début d'après-midi, me demande-t-il ? Je voudrais organiser une conférence de presse assez rapidement. Ça évitera que la mayonnaise monte inutilement.

— D'accord, pour aujourd'hui ! Je n'ai rien de particulier à faire sinon repasser brièvement à l'appartement du juge pour y rapporter quelques papiers. Si je ne le fais pas aujourd'hui, je pourrais toujours le faire demain. Je serai dans mon bureau, tu n'as qu'à m'appeler une fois que l'heure est fixée.

Je rajoute :

— Au fait, j'oubliais ! Le ministre m'a dit que ta réunion était dans quelques minutes.

Il regarde brièvement sa montre et me dit en quittant précipitamment la pièce :

— Je file, je suis en retard ! je t'appelle !

---

[83] 135 euros d'amende !

17. Brève rencontre avec Antoine.

Je quitte le Ministère par la grille principale et m'arrête au restaurant Saint Laurent pour grignoter rapidement quelque chose avant cette fameuse conférence de presse. Comme chaque midi, l'ambiance est survoltée. Il y a peu de restaurants dans le quartier et, personnellement, en ce qui me concerne pour moi-même, je préfère Saint Laurent à la cantine du Ministère. De plus, cela me permet de garder un contact avec mes confrères d'autres divisions et c'est toujours un plaisir.

En attendant qu'un coin de table se libère, je prends une petite pression pour me détendre. À ce moment, Antoine Sarcam pénètre dans le restaurant, me voit et s'approche souriant :

- Hubert, ça fait plaisir ! ça fait longtemps que je ne t'ai pas vu. Une bière, demande-t-il à Georges, le patron ; une grande !

J'aime bien Antoine, c'est un dépressif chronique ; vous connaissez l'histoire. Lui, il est tellement déprimé qu'il fait plus flic de roman que véritable officier de police. Pourtant, c'est un grand flic.

Je le plains ! Il a eu à traiter des affaires extrêmement dures, brutales, violentes, au cours desquelles il a parfois été gravement blessé. Et pour ce qui concerne sa vie affective, elle est pire que la mienne. À côté d'Antoine, les malheurs de Tristan et Iseut, du petit Montaigu et de la petite Capulet, d'Orphée et d'Eurydice et de Pyrame et Thisbé, apparaissent comme des déceptions sentimentales d'adolescents boutonneux gavés aux séries télé 24 h après les US. Par chance, Antoine n'a pas rencontré d'Héloïse, sinon sa virilité en aurait pris un coup dans les… dents. Il jouit vraiment de malchance sur le plan affectif. Une fois, une de ses conquêtes, qui avait le diable au corps, avait même été assassinée par un dénommé Radiguet : un vrai roman !

À l'inverse de moi, Antoine a eu à traiter des affaires impliquant de vrais truands ; des durs de la pègre. Son activité ressemble davantage à celle d'Ok Coral qu'à celle du couvent des Ursulines. Pourtant, il déteste les armes à feu ; beaucoup trop à mon avis !

- Alors que fais-tu en ce moment, me demande-t-il ?
- Je viens de terminer l'enquête sur la mort du juge des Proges. Tu as dû en entendre parler ! Ça a été rapide, le légiste a conclu à une mort naturelle. Du coup, j'ai eu une semaine plutôt tranquille. Et toi, c'est relax ?
- Pas trop. Je suis toujours sur l'enquête sur ces deux types, Giacometti et Ravenne, pour délit d'initié dans une affaire de maçonnerie pas très franche. Un groupe de templiers aurait planqué un flacon précieux, le Graal ou un nom comme ça, et aurait filé l'information à des membres de l'église. Cela aurait déplu à un certain Philippe Lebel, un roitelet local, qui un vendredi 13 aurait envoyé ses sbires régler le compte aux templiers précédemment cités. Tout ça se serait terminé dans les flammes, probablement une fraude à l'assurance ! Ce ne sont que des suppositions ! Pas de quoi en faire un roman !

- Je vois que tu es toujours plus prompt à bâtir des temples pour les vices qu'à leur creuser des cachots : dis-je en l'entendant recommander une autre grande bière.
- Et oui, que veux-tu, on ne se refait pas ! Dès que j'ai terminé cette affaire, ce qui ne devrait pas tarder, on se fait un dîner ?
- Avec plaisir ! Quand tu veux !

Georges s'approche de nouveau et nous dit :

- Vous voulez manger ensemble ? J'ai une table de deux qui est libre !

Antoine me regarde et à mon signe de tête lui répond :

- OK, on y va !

Le déjeuner se passe agréablement, car entre les haricots de mouton, plat plutôt roboratif, et les anecdotes empreintes de cynisme d'Antoine, je ne vois pas le temps passer. S'il n'avait pas été là, j'aurais probablement tué le temps à compter les haricots (il n'y a pas assez de moutons dans le plat pour que les compter puisse être une activité soporifique), à la recherche d'une détente incertaine.

Je m'y prends à trois reprises pour attraper le dernier haricot égaré sur le pourtour de l'assiette, termine mon fond de Bourgueil (la publicité pour les alcools est interdite), avale le café qui m'a déjà été servi, récupère ma veste sur le dossier de ma chaise, serre la main d'Antoine, passe à la caisse pour régler ma note avec ma Visa sans contact, reprends ma carte, la range dans mon portefeuille, serre la main de Georges en lui demandant des nouvelles des enfants, n'attends pas la réponse, retourne au bureau en faisant un détour par les toilettes, et en passant me décrotte les narines[84].

---

[84] Je fais dans le roman intimiste !

Les haricots de mouton m'ont revigoré et je me sens d'attaque pour la conférence de presse. Avec l'expérience, j'ai acquis dans cet exercice une assurance équivalente à celle de tout homme politique en face d'un roquet se prétendant journaliste qui cherche à lui mordre les chevilles.

Je me souviens avec tendresse des toutes premières conférences. Quel stress ! Je passais la journée entière à vérifier mes notes afin d'être capable d'indiquer avec autant de précision que possible tout ce qui s'était passé. Aujourd'hui, je vais être franc, je m'en bats les lucioles ! Dans le cas de la DAAC, la capacité de fact-checking[85] des journalistes est limitée du fait que nous faisons disparaître tous les documents compromettants. De plus, le but de leurs recherches est toujours le même ; faire plaisir au public ; le mien, de tout cacher !

---

[85] 135 euros d'amende !

18. Conférence de presse.

La salle de presse du ministère de l'Intérieur est une petite pièce située près de l'accueil. On y compte une trentaine de chaises. N'y entrent que les journalistes munis d'accréditations spéciales délivrées par le ministère. Les contacts avec la presse y sont chronométrés et l'exactitude est une règle à laquelle personne ne déroge.

La conférence est prévue à 15 h 30 et s'arrêtera impérativement à 16 heures. Il est 15 h 25 et ça fait déjà 10 minutes que nous séparons sur une feuille de papier les points qui seront abordés par Enguerrand et ceux que je commenterais. Il est convenu qu'Enguerrand fera une introduction de 3 min et que j'aurais 7 min pour exposer les faits.

Quinze secondes avant l'heure, nous entrons dans la salle. Enguerrand salue d'un signe de tête les journalistes qu'il connait, c'est-à-dire pratiquement tous. Il s'installe au pupitre, oriente le microphone vers son orifice buccal et explique brièvement que le corps du juge des Proges a été trouvé dans son appartement et qu'une enquête a été diligentée sous la direction du Commissaire Pochard, qu'il couvre d'éloges (C'est moi !).

Il me passe la parole !

J'expose les faits de façon méthodique en indiquant comment le corps a été découvert, et que la présence de la porte de l'appartement entrouverte a tout d'abord laissé supposer que la mort pouvait ne pas être naturelle. J'explique que l'appartement était en ordre et qu'il n'y avait aucune trace d'effraction. Pas trace de lutte non plus ; le corps du juge a été trouvé installé dans un fauteuil comme s'il s'était assoupi. Les examens effectués par le légiste et par la police scientifique permettent de conclure sans ambiguïté que le juge des Proges a succombé à une crise cardiaque dans son fauteuil. Le corps a été restitué à la famille et l'enquête est considérée comme terminée. Tout cela en moins de 6 minutes !

Commence alors la partie la plus amusante de ces réunions : les questions. L'imagination des journalistes ne cesse de m'émerveiller. À ce niveau-là, c'est de l'art ! Je repère la journaliste qui a levé la main la première et lui indique d'un signe de tête qu'elle a la parole :

- Christiane T., le Figaro. Il est bien connu que le juge des Proges jouait un rôle très important dans le financement d'un certain nombre de partis politiques, dont celui du gouvernement actuel. Avez-vous trouvé lors de vos perquisitions des éléments qui pourraient apporter des informations sur ce point ?

- Chère Mme T., vous savez très bien que nous ne sommes pas habilités à investiguer sur des faits qui ne relèvent pas directement de l'enquête en cours. En l'occurrence, notre recherche s'est cantonnée à ce qui pouvait avoir trait à une lutte ou à la recherche d'indices en faveur de la thèse d'un assassinat. L'appartement était dans un ordre parfait et semblait ne pas avoir été fouillé par qui que ce soit avant notre arrivée. Le recueil des empreintes effectué par la police scientifique n'a démontré que la présence de celles du juge, de la concierge et de sa locataire. Cette dernière nous a déclaré qu'elle faisait quelques heures de classement par semaine. La concierge, elle, faisait le ménage dans l'appartement plusieurs fois pas semaine. En conclusion, Mme T., si des informations de ce type existent, elles sont probablement encore dans l'appartement du juge, dis-je en souriant.

S'ensuit toute une série de questions sur la possibilité que le juge ait pu être assassiné pour des raisons politiques où par des produits difficiles à détecter, ce à quoi je réponds que la police scientifique n'a détecté aucune trace de produits suspects dans les fluides analysés, dont le sang et le contenu gastrique.

Il est pratiquement l'heure de la fin de la conférence de presse lorsque je vois entrer dans la salle un homme jeune, très grand et revêtu d'un manteau de cuir noir manifestement dessiné par un grand couturier. Il est très inhabituel que qui que ce soit arrive en retard aux conférences de presse, compte tenu du fait que les entrées y sont réglementées et le timing très serré. Je m'interroge ; pourquoi l'huissier a-t-il accepté de le laisser entrer ? Au lieu de s'installer sur une chaise, il s'appuie contre le mur du fond et lève la main pour poser une question. Je ne le connais pas, mais si je suis surpris, je ne me laisse pas décontenancer et, en le montrant du doigt, je lui donne la parole. Contrairement à ses prédécesseurs, il n'indique ni son nom ni le journal auquel il appartient et entame :

> – Le juge des Proges est bien connu dans certains milieux comme collectionneur et intermédiaire dans le commerce d'œuvres d'art de qualité. Il est possesseur d'une collection unique d'objets et de mobilier 25/30. Est-il possible que certaines des pièces qu'il possédait aient pu disparaître ? Depuis le début de la semaine, l'Office Central de Lutte contre le Trafic de Biens Culturels a noté sur Internet une recrudescence des

échanges des objets de cette période. Est-il possible que certains puissent avoir appartenu au juge des Proges ?

– Il est vrai que le juge était possesseur de nombreux objets et nous avons pu constater au cours de l'enquête qu'il n'existe pratiquement plus d'endroit dans son appartement où puisse être placé le moindre bibelot. Nous avons demandé à la concierge qui venait faire le ménage de vérifier si éventuellement quelque chose avait disparu, mais selon ses dires, rien ne manquait. À l'examen des lieux, puis des photographies que nous avons prises, nous n'avons pu constater aucun vide sur un meuble ou une étagère qui laisse supposer qu'un objet ait pu disparaître. Non, les conclusions de l'enquête sont que le juge des Proges est décédé d'une crise cardiaque et que personne n'a pénétré dans son appartement après son décès, hormis la concierge, puis la police.

Le policier qui est à ma droite me fait signe que la réunion est terminée et qu'il n'est plus possible de poser de questions.

– Mesdames et Messieurs, je vous remercie de votre attention, cette conférence est maintenant terminée. Si de nouveaux développements venaient à apparaître, nous vous fournirions bien évidemment des informations complémentaires. Je vous souhaite à tous une bonne fin de journée.

Je m'éclipse par la porte à gauche du pupitre ; Enguerrand est déjà retourné dans son bureau. Je décide de retourner dans le mien à pied par le chemin des écoliers. Je rejoins l'accueil et sors par la grille place Beauvau en compagnie de journalistes et en échangeant quelques banalités avec ceux que je connais. Le jeune homme avec le manteau noir est tout près, devant moi. Il ressemble à Benedict Cumberbatch dans la série

Sherlock par l'aisance, et une forme d'insolence hautaine. Il semble n'accorder aucune importance à ce qui l'entoure et passe la grille d'entrée avant moi. Arrivé au bord du trottoir, il s'arrête. Quelques secondes après, une Rolls-Royce Phantom 7 s'arrête. Un chauffeur, emballé dans une livrée de chauffeur, avec casquette de chauffeur, en descend et lui ouvre la porte arrière. La voiture repart dans un silence surprenant pour un monstre de cette taille.

Arrivé au bureau, j'appelle Ata et lui dis :

– Pouvez-vous jeter un coup d'œil sur Internet sur les échanges d'objets de la période 1925-1930 ? Un journaliste a indiqué qu'il y aurait une augmentation des transactions. Faites-moi la liste de ce que vous trouvez et contactez L'OCBC pour voir s'il n'y a pas quelque chose qui nous aurait échappé !

J'appelle également le petit Bussard :

– J'aimerais que vous me trouviez des renseignements sur un journaliste dont la silhouette ressemble à celle de Benedict Cumberbatch, même âge, même physique. Je ne sais pas à quel journal il appartient ; toujours est-il qu'il roule en Rolls avec chauffeur.

– OK, Patron, me dit-il, retournant à son bureau.

J'expédie les affaires courantes et 3/4 d'heure après le petit Bussard entre dans mon bureau :

– Patron, je n'ai trouvé personne de ce type accrédité ministère de l'Intérieur. C'est un journaliste ?

– Je ne sais pas vraiment : c'est vrai qu'il n'a pas indiqué de journal ou de revue ! Toujours est-il qu'il était présent à la conférence de presse et qu'il est même arrivé en retard… J'y pense, vous connaissez bien l'huissier…, appelez-le et demandez-lui s'il se souvient de qui il s'agit !

Bussard sort ! Ata entre dans mon bureau et indique :

–   Effectivement, il y a sur Internet une augmentation des transactions d'objets de cette période. Que des pièces exceptionnelles. Cependant, l'OCBC n'a pas de preuve que ces transactions sont illégales. Aucun des objets ne correspond à des vols. Mais c'est vrai que c'est un peu surprenant. Voulez-vous que je continue à chercher ?

–   Non, il ne me semble pas utile de perdre du temps pour ça. Merci, Ata, vous pouvez rentrer chez vous.

–   Merci, Padron ! En fait, je dois chercher Elsa, son téléphone ne répond pas ! Bon week-end !

–   Bon week-end à vous aussi. À lundi.

Au moment où Ata sort, le petit Bussard revient ; on dirait du Feydeau :

–   Patron, ce n'est pas un journaliste, c'est l'inspecteur Raoul d'Andrésy de l'IGS !

Ce nom me rappelle quelque chose, mais rien de précis ne me vient à l'esprit. Que vient faire un bœuf-carotte, qui roule en Rolls en plus, dans une conférence de presse sur une affaire sans intérêt ? Un instant, la pensée me traverse que l'IGS enquête sur notre activité. Tout est possible, car ils enquêtent sur tous de façon aléatoire, mais j'ai des doutes. Il y a là quelque chose de pas clair ; il faudra que j'en touche un mot à Enguerrand.

Je demande au petit Bussard de me préparer les documents que nous avons pris chez le juge des Proges et que nous ne gardons pas. Une fois qu'il m'a remis la boîte à archives et qu'il est ressorti, je range quelques documents et m'apprête à rentrer chez moi quand le téléphone interne sonne. C'est à nouveau petit Bussard.

–   Patron, j'ai oublié de vous dire : j'ai trouvé dans les documents des factures pour la location d'un box dans un immeuble proche de celui du juge. C'est rue Pérignon ; il doit y garer une voiture.

Je lui demande l'adresse et la note sur mon calepin.

— Voulez-vous que j'y fasse un saut, me demande-t-il ?

— Non, ce n'est pas la peine, je vais y passer moi-même avant de rentrer chez moi. Merci, Bussard. À lundi !

La rue Pérignon est très étroite. Avec ma Dyna Panhard, faire un virage serré relève de l'exploit. Je me gare donc à proximité sur une place de transport de fonds.

Comme je n'ai pas le badge, le code ou la clé qui permettent d'ouvrir l'entrée du parking, que c'est un immeuble relativement récent et qu'il n'y a pas de gardien, j'improvise. Par chance, je remarque qu'une petite lampe au-dessus du portail automatique s'est mise à clignoter et que le battant commence un mouvement vers le haut. Dès que l'espace est suffisant, je me glisse en dessous, sous le regard atterré de la conductrice du véhicule qui a actionné le système.

Le parking n'est pas gigantesque ; il n'y a que quelques boxes fermés. J'espère cependant que je ne vais pas devoir tester la clé dans chaque serrure. La voiture me double et se dirige vers l'un d'eux ; un de moins à vérifier ! La conductrice en descend et à l'aide de sa clé en ouvre le battant.

Je m'approche d'elle. Je sens qu'elle a peur : je la rassure !

— Ne vous inquiétez pas, je suis Commissaire de police. Je cherche à identifier un box qui serait loué par quelqu'un d'extérieur à l'immeuble.

— Vous m'avez fait peur ! On parle de tellement d'agressions en ce moment. On se demande ce que fait la police !

Elle comprend immédiatement qu'elle a dit une c… Elle est gênée ! Avec délicatesse, je fais semblant de ne pas y avoir prêté attention et lui dis :

- Savez-vous quels sont les box qui sont loués ?
- Il y en a très peu. Trois ou quatre, tout au plus. Il y a les deux au fond sur la droite, celui qui est ici à gauche, et le dernier à gauche de ce côté. Je crois que c'est tout !
- Cela vous ennuierait-il de patienter quelques secondes quand vous aurez garé votre voiture afin que je m'assure que je ne me suis pas trompé ?
- Pas de souci ; me dit la vénus des parkings en remontant dans sa petite voiture.

Je me dirige vers les deux premiers boxes qu'elle m'a signalés à droite. Rapidement, je constate que la clé n'ouvre aucun des deux. Je tente alors celui qui est à la gauche : là encore, le bide ! Je me dirige vers le dernier et constate que cette fois-ci la clé pénètre dans la serrure, et miracle… ça tourne (comme aurait dit Galileo Galilée au père jésuite Grassi en parlant de la terre[86]). Je retourne vers la Vénus de Botticelli sortant du box où elle a garé sa coquille et la remercie en lui disant que j'ai trouvé ce que je cherchai. Elle me sourit et rejoint l'ascenseur. Enfin seul !

Le box ne possède pas d'éclairage, mais comme tout bon policier, j'ai toujours sur moi une petite lampe de poche. Les parois du box sont couvertes de rayonnages avec des boîtes à archives de différentes tailles ; de 9,2 cm, de 10 cm, de 16,7 cm, de 20 cm, de 30 cm, jusqu'au carton à archives en carton ondulé de 28,8 cm x 49,4 cm x 29,4 cm (en vente par 10 unités chez Office Dépôt[87]).

---

[86] Cela me fait penser que le Pape Urbain VII, ne l'était pas tant que ça… urbain.

Le juge des Proges était un homme organisé ; tout est classé par ordre alphabétique. Je cherche rapidement s'il y a un dossier sur Enguerrand ou sur le ministre de l'Intérieur. Oui ! Juste deux petits dossiers que je prends sous mon bras. Il commence à être tard et je décide de revenir chercher les autres documents en début de semaine prochaine avec Ata et le petit Bussard. Je referme le box et commence à me préoccuper de comment sortir. Je décide de ne pas mettre de scellés de façon à ne pas attirer l'attention !

Je me dirige vers l'ascenseur et constate que pour l'appeler, il faut une clé que je n'ai pas. Je ne vois pas non plus d'issue de secours identifiée. Si je reste coincé ici, je sens que cet immeuble aura la visite de la division de la sécurité bâtimentaire de la préfecture de police[88] ! Je me poste en bas de la rampe d'accès et par chance, après moins de deux minutes, une lampe commence à clignoter, indiquant que le battant va s'ouvrir : ce qu'il fait prestement en obéissant battant qu'il est ! Je remonte la rampe et sors dans la rue sous le regard inquisiteur du conducteur qui attend. Je l'ignore et passe devant lui. Qu'il tente simplement de m'arrêter ! Je place les documents dans le coffre de ma voiture et rentre chez moi.

---

[87] Tous les revenus liés à la publicité dans mes romans sont reversés à mes œuvres.

[88] Je ne suis pas rancunier, mais faut pas pousser !

19. Chez le juge, ça déménage !

Comme chaque vendredi soir, il y a davantage d'activité au Carrefour City. Toutes les âmes en peine du quartier font leurs courses pour la semaine et ça me chagrine, car le passage à la caisse sera beaucoup plus long. Devant les plats bios, la petite brune est en grande conversation avec un homme beaucoup plus jeune et fringant que moi. De toute façon, elle ne mange que du bio et « est bonne pour les goujats ». Cette référence à la Fontaine m'égaie et je concentre mon regard sur une femme un peu plus âgée, perdue dans ses pensées face aux plats cuisinés surgelés. Si je n'étais pas à la fin de mon livre sur l'apocalypse, je lui aurais bien proposé de partager l'un d'entre eux chez moi. Sans savoir pourquoi, j'ai cependant la sensation que je vais me prendre une gamelle et je n'insiste pas. Je fais bien ! À la caisse, elle est derrière moi en train de se frotter à un type que manifestement elle connait bien.

Après mon plat de lasagnes pas bio, je me plonge dans mon livre et le termine plutôt tardivement. L'appartement est silencieux et propice à la méditation. Pour une raison que je ne comprends pas, une sorte de boule colonise mon plexus solaire, ce que certains qualifieraient aisément d'angoisse. Il y a quelque chose qui n'est pas clair ! Cette affaire du juge des Proges n'est pas terminée. Je prends la décision de passer à l'appartement du juge dès le lendemain matin. Cette décision virile me rassure et je m'endors tranquillement. Comme d'habitude, sur le coup de 3 h 34, je me réveille et me bagarre avec l'oreiller jusqu'à ce qu'il soit l'heure de se lever. Je note avec désolation que c'est encore lui qui a gagné !

J'arrive rue César Franck vers 8 heures au volant de ma magnifique torpédo. Je sais qu'à cette heure je trouverai Mme Laspales. Même si j'ai le badge d'entrée, je frappe à sa fenêtre qui donne sur la rue. Elle tire le rideau et me fait comprendre d'un signe de tête qu'elle m'ouvre.

Dans le hall, elle est devant la porte de sa loge :

–   Un café, Mr le Commissaire ?

–   Oui, je veux bien ; lui dis-je. Je suis venu rapporter les papiers que nous avions mis sous séquestre pour l'enquête, et qui ne sont d'aucune utilité. Je pense qu'il n'est pas nécessaire de vous rappeler, à vous tous les habitants de l'immeuble, que la seule chose dont vous devez vous souvenir c'est que le juge des Proges est décédé de mort naturelle. Ne l'oubliez pas !

–   Oui, oui, ne vous inquiétez pas. J'ai revu Mr Philippe Chevalier, le fils du juge des Proges, et même avec lui, j'ai été très prudente.

–   Vous avez parfaitement raison ; faites attention !

Son café est vraiment bon ! je rajoute :

–   Je vais monter ce carton d'archives, je referme l'appartement et je vous rends les clés. Vous pourrez les donner à Mr Chevalier !

Je prends l'ascenseur et arrive au 5ᵉ. Je réalise que la porte est une porte blindée de très haute sécurité avec de nombreux points d'ancrage. La clé qui permet de l'ouvrir est étonnamment complexe et j'imagine que pour en faire un double, il faut passer par des serruriers spécialisés. Mon expérience dans la police me laisse néanmoins penser qu'avec un peu de patience, on doit relativement facilement en trouver un dont l'intégrité est limitée et qui fera ce double sans poser trop de questions. Lorsque je tourne la clé, j'entends les nombreux rouages s'animer dans l'épaisseur de la porte et les gâches sortir de leur logement. Je traverse l'entrée et pénètre dans la pièce.

Je m'arrête stupéfait ! Elle est quasiment vide !

Toutes les lampes, bibelots, bronzes, tables en marqueterie, tapisseries ont disparu. Il ne reste que le mobilier bas de gamme, la majorité des livres et le fameux fauteuil létal.

Je parcours rapidement les autres pièces et constate que tous les objets ayant quelque valeur ont également disparu. Je pose la boîte d'archives sur une table. Si elle est encore là, c'est qu'elle provient probablement d'une grande surface ! Je referme la porte et redescends chez Mme Laspales.

–   Mme Laspales, quelqu'un est-il venu prendre les affaires chez le juge des Proges ?

–   Non, personne n'est venu. Pourquoi ? Il manque quelque chose ?

–   À peine…, tout a disparu !

–   Non, c'est pas possible, s'exclame-t-elle en prenant son visage dans ses mains.

–   Vous êtes certaine que Mr Chevalier n'est pas passé faire le déménagement ?

–   Non, bien évidemment. Un déménagement, ça prend du temps et il aurait dû passer devant ma loge : et il n'a pas les clés !

Je sors ma carte de mon portefeuille et la donne à Mme Laspales en lui disant :

–   Vous remettrez cette carte à Mr Chevalier ; si vous avez son téléphone, appelez-le immédiatement pour le prévenir. Qu'il passe vérifier par lui-même et s'il le souhaite, qu'il aille ensuite au commissariat du quartier pour porter plainte. Nous lui fournirons des copies des photographies que nous avons prises et qui montrent le contenu des pièces. Elles lui seront utiles pour les assurances. Qu'il ne touche surtout à rien. Je remonte faire une dernière vérification et je vous rapporte les clés.

J'en prends l'ascenseur jusqu'au 5ᵉ, ouvre à nouveau la porte et parcours entièrement l'appartement. Il ne reste vraiment plus que ce qui est sans valeur ! Ce sont sans aucun doute des professionnels. J'ai l'impression qu'ils ont même emporté les meubles sans les vider de leur contenu.

Dans le séjour, je vide la boîte à archives que j'ai rapportée. J'examine rapidement le contenu de la bibliothèque et constate que sur une étagère, sont toujours présents les feuillets du bail de la petite Marie que j'avais laissés. Je les prends avec moi. J'examine avec attention le tapis qui est sur le sol et qui n'a pas été volé ; il est manifestement lui aussi sans valeur ! Je remarque la présence d'une poussière jaune avec des fragments de carton, ainsi que de petits débris de film à bulles. Il n'y a pas de doute. Tout a été emballé sur place avant d'être emporté !

Je ferme la porte de l'appartement derrière moi, et observe attentivement les marches. Celles qui descendent au 5ᵉ ne portent aucune trace. Par contre, pour celles qui montent au 6ᵉ étage, les fibres du tapis, même si elles sont courtes, sont écrasées, séquelles de nombreux va-et-vient. Je doute que ce soit la petite Marie qui ait écrasé les fibres de cette manière. Elle ne fait pas le poids !

Au 6ᵉ, des traces de pas et de poussière de cartons sont visibles jusqu'à l'extrémité du couloir. Elles ont l'air de s'arrêter au niveau des deux dernières portes et je remarque que celle de gauche s'ouvre sous la poussée. La chambre est complètement vide à l'exception des restes d'un rouleau de film à bulles pour emballage ; la fenêtre, qui donne sur la cour de l'immeuble, n'est que partiellement fermée.

Je me penche. On peut facilement accéder à une chambre équivalente dans l'immeuble voisin, car le rebord fait à peu près 15 cm de largeur. Quelqu'un d'agile peut facilement porter de petits paquets d'une pièce à l'autre en passant par là. Mon sens de la conservation de ma propre espèce étant supérieur à mon envie de continuer l'enquête, je ressors de la pièce en tirant la porte au maximum, et au passage je frappe chez la petite Marie.

— Qui est là, demande sa voix claire.

— Commissaire Pochard.

Immédiatement la porte s'ouvre et son visage apparaît :

— Excusez-moi de vous déranger, mais je voudrais savoir si vous avez entendu des bruits particuliers entre hier soir et ce matin ?

— Il y a eu de nombreux passages dans le couloir cette nuit entre 3 et 4 heures du matin. Même si les personnes étaient discrètes, elles ont fait quand même assez de bruit pour me réveiller. Mes examens sont terminés, mais en attendant les résultats, l'anxiété est toujours là et mon sommeil est léger ; dit-elle avec un sourire.

— Vous n'avez pas ouvert la porte pour voir qui c'était ?

— Non, je n'ai pas eu le courage, confesse-t-elle.

Je la comprends et lui fais un sourire d'approbation avant de continuer :

— L'appartement du juge des Proges a été cambriolé durant la nuit. Tous les objets de valeur ont disparu !

— Il avait de très beaux objets, me dit-elle. Comme vous le savez, j'ai dû entrer dans son appartement beaucoup plus de fois que nécessaire.

Je lui souris sans répondre, puis ajoute :
- Merci, il est possible que le commissariat du quartier vous demande de passer pour témoigner. Ne vous inquiétez pas, c'est juste une formalité. J'ai moi-même quelques documents à vous faire signer. Quand me serait-il possible de passer ?
- Je pars voir mes parents tout à l'heure et je serai de retour tard dans la soirée. Si vous voulez, je serai ici demain matin. Ensuite, je passe l'après-midi avec une tante qui est de visite à Paris. Après, dans la semaine, c'est quand vous voulez !
- Très bien, ce ne sera pas long. Si je viens vers 11 heures demain dimanche, cela vous pose-t-il problème ?
- Non, ce serait parfait.
- Très bien, à demain donc.
- À demain, Commissaire.

Arrivé chez Mme Laspales, je lui demande :
- Connaissez-vous la personne qui s'occupe de l'immeuble d'à côté ? celui à droite !
- Oui, c'est Mme Rodriguez.
- Est-ce que vous connaissez le code qui permet d'entrer ?
- Oui, c'est A… (confidentialité oblige !). Nous nous rendons service. Parfois, c'est moi qui sors ses poubelles, parfois c'est elle qui sort les miennes.
- Merci, Mme Laspales.

Je me dirige vers l'immeuble voisin. Au fond de la cour, un panneau « Concierge ». Je frappe à la porte vitrée :
- Mme Rodriguez ?

Une voix grave me répond à travers un léger déplacement des rideaux.

– Oui, c'est pour quoi ?

Je colle ma carte de police sur la porte vitrée et ajoute :

– Commissaire Pochard, j'ai besoin de vous parler.

La porte s'ouvre sur la sœur jumelle de Mme Laspales ; ce n'est pas possible, ils les clonent !

– J'aurais besoin de monter au 6ᵉ étage, avez-vous les clés des chambres de bonnes ?

– De certaines seulement, me dit-elle, je les prends et j'arrive !

Quand elle ressort, je lui demande :

– Y a-t-il eu quelqu'un qui a déménagé dans l'immeuble hier soir ou ce matin ?

– Oui, ce matin. Je pense que ce sont les propriétaires du 4ᵉ. Ils ont mis leur appartement en vente. Cela été relativement rapide, car il y avait beaucoup de déménageurs. Il y avait surtout des cartons, ainsi que de petits meubles. Tout a été vidé en moins d'une heure. Ils ont commencé très tôt, vers 7 h 30, et à 9 heures ils étaient tous partis !

– Allons voir les chambres de bonnes !

Elle m'ouvre le chemin. Nous prenons l'ascenseur et montons jusqu'au 5ᵉ étage, l'ascenseur ne va pas au-dessus. Au passage, je constate la présence de poussière de carton. Nous montons jusqu'au dernier étage et j'essaie de me repérer par rapport à l'immeuble voisin. Après quelques hésitations, je me dirige vers la droite jusqu'au fond du couloir. À la gauche du couloir, côté rue, une porte est entrouverte sur des effluves qui ne laissent aucun doute sur la destination du local. Ah, le temps heureux ou tout le monde partageait fraternellement ses déjections dans des toilettes communes. J'indique la porte en face et lui demande :

– Avez-vous les clés de celle-ci ?

Je pousse machinalement la porte qui s'ouvre sans résister.

   – Ce ne sera pas nécessaire !

La chambre de bonne ne contient que quelques vieux meubles rassemblés sur un des côtés, le reste de la pièce est vide. Je m'approche de la fenêtre et constate qu'ici aussi, la fenêtre a été refermée, mais qu'elle n'est pas verrouillée. Au pied de la fenêtre est déposée une corde d'alpinisme assez épaisse, dont une des extrémités est fermement attachée au pied d'un énorme buffet, lui-même surmonté de cartons et de chaises. Cette corde est sans équivoque neuve et a probablement servi à assurer la sécurité des cambrioleurs durant le trajet entre les deux fenêtres.

   – À qui appartient cette chambre ?

   – C'est une des chambres de l'appartement du 2ᵉ, mais les propriétaires ne sont pas là. Aucune des chambres du 6ᵉ n'est habitée.

   – Pour le déménagement qui a eu lieu ce matin, quelqu'un vous en avait-il averti ?

   – Oui, mais sans me préciser d'heure. Ce sont les déménageurs qui ont appelé hier soir. Ils m'ont même appelée deux fois.

   – Très bien.

Nous redescendons et dans le hall de l'immeuble nous trouvons deux hommes en bleus de travail : dont un est muni d'un papier et qui me demande :

   – Savez-vous où est la concierge ? Nous avons un déménagement à faire, mais nous ne savons pas de quel appartement il s'agit.

Le reflet de Mme Laspales indique :

   – De quel déménagement parlez-vous ?

Le déménageur regarde rapidement sa feuille et indique :

– Il s'agit de l'appartement de Mr T. qui est au…
4ᵉ étage, mais je vois qu'il y a plusieurs escaliers dans
l'immeuble ; duquel s'agit-il ?

Le clone vient de comprendre qu'il s'est passé quelque
chose d'anormal et tourne son regard vers moi :

– Et qui a déménagé ce matin ?

Je ne lui réponds pas, mais lui précise :

– Vous allez surement être convoquée par le
commissariat du quartier. Le déménagement de ce
matin est en rapport avec un vol qui a été commis
dans l'immeuble voisin.

Je termine en disant ;

– Je vous laisse : occupez-vous de ces messieurs.

Je les salue tous et me dirige vers la rue.

Alors que je ressors de l'immeuble, j'aperçois, garée à une
dizaine de mètres, la Rolls Phantom de la conférence de
presse. Le chauffeur est au volant et la teinture des vitres
m'empêche de voir qui est à l'intérieur. Je laisse tomber :
après tout, si Andrésy a besoin de me parler, il sait où me
trouver.

En retournant vers l'immeuble du juge des Proges,
machinalement, je regarde dans la direction de la petite place
et remarque à la terrasse du café le fameux Raoul qui me fixe
du regard. J'avoue que ce type a du culot ! Je traverse la rue et
le rejoins. Avant que je n'aie pu dire un mot, il se lève et dit :

– Je suis arrivé assez tôt. Il y avait un déménagement
dans l'immeuble voisin et j'ai trouvé anormal qu'il y
ait un tel nombre de déménageurs pour un
déménagement qui n'a duré qu'à peine une heure. À
tout hasard, j'ai noté le numéro de la plaque
d'immatriculation du camion, ainsi que celle du break
qui a emmené les déménageurs.

Je prends le papier qu'il me tend et d'un signe de tête je lui indique de me suivre. Je me dirige vers l'entrée de l'immeuble du juge et au moment d'y pénétrer je constate que non seulement il n'est pas derrière moi, mais qu'en plus la Rolls a disparu. Elles sont vraiment très silencieuses !

Je prends quelques notes sur mon calepin et retourne vers Mme Laspales pour lui rendre les clés.

–   Voici les clés du juge des Proges. J'en ai gardé une que je vous rendrai rapidement.

–   De mon côté, j'ai prévenu Mr Chevalier, me dit-elle ; il ne répond pas, mais j'ai laissé un message sur son répondeur ! Je lui ai dit d'aller porter plainte directement.

–   Je ne m'occuperai pas de cette partie de l'affaire, les collègues vont faire le travail. Mais sachez que je regretterai votre café !

–   Mais vous pouvez venir en prendre chaque fois que vous voudrez, Mr le Commissaire !

Je m'interroge quelques secondes sur les raisons de cette invitation beaucoup trop chaleureuse, mais les réponses ne me plaisent pas ! Après cet échange exagéré de politesse, je préfère retourner rapidement au bureau.

20. Le fils du juge se fait rouler !

J'ai à peine démarré ma Dyna Panhard 1957 qu'une nouvelle angoisse me saisit. Je fais rapidement le tour du pâté de maisons et me gare à proximité de l'immeuble où le juge louait le box. Contrairement à la rue César Franck, la rue Pérignon est une rue animée et compte tenu de l'heure, de nombreuses boutiques sont ouvertes. Je pénètre dans la librairie qui fait partie de l'immeuble et demande à une jeune femme, maîtresse du lieu :

– Comment puis-je pénétrer dans l'immeuble ?

Elle me regarde hautaine et dit :

– Qui êtes-vous ?

Sans sortir ma carte, je lui réponds :

– Je suis le commissaire Pochard et j'ai impérativement besoin d'entrer dans l'immeuble : tout de suite !

Je suis content, j'ai réussi à lui refiler mon angoisse !

– Attendez, je prends les clés et je vous ouvre.

– En fait, j'ai besoin d'aller au parking visiter un box. Pouvez-vous m'ouvrir l'entrée ?

– Si vous voulez, je peux vous prêter la télécommande qui permet l'ouverture du portail ?

– Oui, faisons ainsi.

Elle me donne un petit boîtier noir avec deux boutons en m'indiquant qu'il faut appuyer sur celui de droite pour entrer et celui de gauche pour sortir.

– Merci, je vous le rapporte dans un instant.

À peine sorti de la boutique, j'ai déjà appuyé sur le bouton de droite et attends nerveusement que le portail soit suffisamment entrouvert pour que je puisse passer. Je dévale la rampe et me précipite vers le box visité la veille. Nerveusement, j'ouvre la serrure et tire le battant pour le relever.

Je n'ai pas besoin de lampe de poche pour comprendre qu'il est vide !

Sur les rayonnages, plus aucun carton d'archives, quel que soit sa taille. Tout a été méthodiquement nettoyé. Sur une chaise, au centre de la pièce, ne reste qu'une boîte à côté de laquelle on a placé une bouteille de champagne. En m'approchant, je constate également qu'un gant blanc, dont le pouce est élégamment plié vers la paume, est déposé sur la boîte. En regardant attentivement l'étiquette de la boîte, je distingue qu'elle porte mon nom. Hier, durant la visite, je n'ai pas pensé à vérifier ce point. Je suis vraiment en train de vieillir !

C'est seulement alors que je remarque dans l'angle le plus sombre de la pièce, sur l'étagère la plus basse du rayonnage, une forme oblongue qui semble remuer légèrement ! Je m'approche ! il s'agit d'un tapis roulé sur lui-même et maintenu par des cordes. Compte tenu du diamètre du rouleau, il est évident qu'il y a quelque chose ou quelqu'un à l'intérieur. Comme ça bouge, c'est surement encore vivant !

Je déroule doucement le tapis et découvre, gigotant maintenant plus vivement qu'il a plus d'espace, le fils du juge des Proges, le fameux Mr Chevalier. Je vois dans ses yeux une peur panique, et comme une large bande d'adhésif recouvre sa bouche, il ne peut rien dire. Avec délicatesse, je décolle la bande, mais arrivé à la moitié, ses cris d'orfraie irritent mes oreilles et je remets la bande en place !

- Je suis le commissaire Pochard : n'ayez pas peur, je suis ici pour vous libérer : cessez de crier !

Je recommence l'opération de décollage et cette fois il pense davantage à respirer qu'à hurler.

- Comment vous sentez-vous ?

- J'ai mal partout ; ça fait des heures que je suis attaché. J'ai cru que j'allais mourir !

- Je vous comprends ! C'est terminé. Vous allez me raconter ce qui s'est passé, mais attendez un peu, remettez-vous d'abord.

Je détache ses mains, puis ses pieds et enlève ensuite la longue corde qui s'enroule autour de lui. Je l'installe ensuite le plus confortablement possible sur la chaise que j'ai placée à proximité.

- Attendez-moi quelques instants, je vais prévenir mon équipe et faire venir une ambulance. Vous avez besoin d'un examen complet !

Je me dirige vers la porte de sortie du parking afin de récupérer du réseau et j'appelle Ata. Comme il est sur messagerie, je tente alors le petit Bussard.

- Oui, Patron ?

- Je viens de trouver le fils du juge des Proges enfermé dans le box de la rue Pérignon. Faites partir la scientifique de manière à ce qu'ils analysent des lieux.

- Le fils du juge est blessé ?

- Non, je ne pense pas. Par contre, il est choqué et je l'envoie à l'hôpital.

- OK, Patron ; je fais le nécessaire.

J'appelle ensuite la centrale de la préfecture de police pour leur demander une ambulance. L'opérateur de veille m'informe qu'elle sera là dans les dix minutes. Je retourne vers le fils du juge qui semble s'être calmé.

- Comment vous sentez-vous ?

- Mieux. J'ai vraiment cru mourir !

- Pouvez-vous me raconter brièvement ce qui s'est passé ?

- Oui. Hier soir je me suis souvenu que mon père m'avait confié une clé et un badge en me disant qu'ils ouvraient le lieu où il conservait tous les documents importants et que j'en aurai la charge s'il lui arrivait quelque chose. J'ai donc décidé ce matin d'y faire un saut pour voir ce qu'il contenait. En arrivant dans le parking, je me suis aperçu que la porte du box était ouverte et que plusieurs personnes étaient en train de transporter les dossiers vers une camionnette garée là. Je leur ai dit que j'étais le propriétaire du parking et leur ai demandé ce qu'ils faisaient ! Avant que je n'aie eu le temps de faire quoi que ce soit, l'un d'entre eux, qui était dans mon dos, m'avait saisi par les bras et m'avait immobilisé. J'étais dans l'incapacité de bouger.

Compte tenu la situation et de sa frêle stature, je n'ai pas envie de lui dire que même un enfant de dix ans serait capable de le maintenir. Il continue :

- J'ai à peine eu le temps de voir dans l'ombre un personnage qui semblait être le chef. La seule chose que j'ai pu voir, c'est le bas de son corps ; il portait un long manteau noir et des bottines de la même couleur. Il m'a semblé distinguer dans l'ombre qu'il faisait un geste et immédiatement on m'a collé du scotch sur la bouche, recouvert la tête d'un sac de tissu noir, et on m'a ligoté et enfermé dans ce tapis. Je les ai ensuite entendus continuer à transférer les dossiers qui restaient vers la camionnette ; c'est du moins ce que je suppose.

- Avez-vous entendu quelque chose qui pourrait nous être utile pour déterminer qui sont ces gens ?

- Je n'ai absolument rien entendu d'autre que leur pas. À aucun moment, ils n'ont échangé de propos entre eux !

- Pour ce qui concerne la personne qui semblait être le chef, avez-vous remarqué quelque chose d'autre que ce que vous m'avez dit ?

- Non, il s'est volontairement maintenu dans l'ombre afin que je ne puisse pas le voir distinctement. Comme je vous l'ai dit, je n'ai vu que le bas de son corps, c'est-à-dire essentiellement son manteau et ses pieds. Rien qui permette de l'identifier.

- Et pour ceux qui opéraient le déménagement, avaient-ils quelque chose de particulier ?

- Non ; eux également étaient silencieux et leurs cheveux étaient masqués sous des bonnettes. Ils portaient aussi des lunettes de protection. Tout cela les rendait méconnaissables ! S'il ne s'agissait pas de telles circonstances, je dirais qu'ils étaient très professionnels. J'ai eu l'impression qu'ils obéissaient au doigt et à l'œil à celui qui était le chef.

- Aucun détail vestimentaire ou quelque point particulier qui permettraient de les identifier ?

- Non, ils étaient vêtus de vêtements sombres très ordinaires. Attendez… il y a quelque chose qui m'a frappé… tous, à part le chef, portaient des surchaussures comme celles que l'on utilise dans les blocs opératoires. J'imagine que c'était pour ne pas laisser de traces !

- En ce qui concerne la camionnette, avez-vous pu en reconnaître la marque ?
- Je dois dire que malheureusement, je n'y connais rien en camionnettes. Pour moi elles se ressemblent toutes ; il n'y avait rien de particulier qui distinguait celle-là !
- Pas d'inscription sur les côtés, de messages publicitaires ?
- Si, attendez… ! Il me semble qu'il y avait quelque chose d'écrit sur le côté de la camionnette… : il réfléchit ; c'était écrit…, c'était écrit…, ça y est ; serrurerie de Pochard !

Alors là ! Je dois dire que ceux qui ont réalisé cette opération ont un certain culot ! Oser utiliser mon nom pour un cambriolage ; elle est forte celle-là !

- Pouvez-vous me dire où approximativement était garée la camionnette ?

Du doigt, il me montre un emplacement, juste à côté de la porte du parking.

J'entends dans la rue la sirène de l'ambulance, et je vais ouvrir le portail du parking afin qu'ils puissent prendre en charge Mr Chevalier. Je leur explique brièvement ce qui s'est passé et leur demande de me prévenir lorsqu'ils sauront vers quel hôpital ils le dirigent. Ils sortent une civière sur roulettes et me suivent à l'intérieur du parking.

- Mr Chevalier, vous allez être transféré dans un hôpital pour qu'on vous fasse les examens de routine et s'assurer que tout va bien ! Quand vous vous sentirez mieux dans la journée, j'enverrai un inspecteur pour prendre formellement votre déposition. Laissez-vous faire : on va bien s'occuper de vous !

Je sens que l'arrivée des secours lui a redonné de l'énergie. Surtout, la peur l'a quitté.

- Je vous remercie commissaire. Je me sens beaucoup mieux et votre inspecteur peut passer quand il veut.

Il se retrouve à nouveau saucissonné, cette fois-ci sur la civière à roulettes, mais je note que dans cette circonstance, il n'a pas envie de crier ! Au moment où l'ambulance part, Bussard arrive avec la scientifique.

- Ça va, Patron ?
- Oui ; suivez-moi.

Je les conduis jusqu'au box et indique :

- C'est ici qu'ont eu lieu le séquestre du fils du juge des Proges et le cambriolage. Comme vous le voyez, il ne reste plus rien et je doute que vous puissiez trouver des traces qui nous soient utiles. Cependant, il faut quand même essayer. La plupart des empreintes de pas que vous voyez sont les miennes, il semble que les cambrioleurs portaient des surchaussures comme les vôtres. Aussi…, il y avait une camionnette dans laquelle ils ont transféré tous les dossiers. Voyez si vous pouvez trouver des traces de ce côté-là aussi. Elle était garée là ; dis-je en leur indiquant la place de parking.

Je récupère le dossier, le gant et la bouteille de champagne et indique au petit Bussard que je passe chez moi. J'ai à peine rangé le matériel récupéré, dans le coffre de ma voiture que mon téléphone m'indique de façon éloquente que j'ai un message. C'est le standard qui m'informe qu'un certain Bulot ou Mulot (j'entends mal, le standard devait être dans un tunnel !) a appelé et qu'il souhaite que je le rappelle.

Après avoir rendu le boîtier à la libraire, je remonte dans ma voiture dans un état d'énervement que je ne me connais pas.

21. Hulot a un dossier !

J'ai faim ! avant de rentrer chez moi, je m'arrête chez le traiteur chinois et achète une portion de porc au caramel et de riz blanc. Dans mon parking, je fais l'inventaire de ce que j'ai dans mon coffre. Je n'emporte avec moi que le dossier me concernant, trouvé dans le box du juge des Proges. Je laisse dans la voiture la boîte d'archives contenant les billets. Après une seconde d'hésitation, je décide de prendre également la bouteille de champagne et le dossier sur Enguerrand.

Pendant que mes barquettes de riz blanc et de porc au caramel réchauffent dans le micro-ondes et que le champagne refroidit dans mon frigo, je fais l'inventaire de ce qu'il y a dans la boîte à archives trouvée dans le box. Les documents sont très anciens : certains datent de l'époque où j'étais la fac. J'ai étudié la biologie. Il y a aussi des documents sur l'activité de mon père pendant la guerre. Rien de très passionnant et surtout, rien qui puisse intéresser qui que ce soit. Mon père n'a pas été collabo et sa seule activité un peu louche immédiatement après-guerre a été le rachat de surplus de l'armée et leur revente avec pour conséquence une rapide multiplication par trois de son patrimoine immobilier. Je retrouve avec nostalgie une pochette qui contient les rapports que j'avais écrits lors d'une affaire de terrorisme international pendant que je faisais un stage à la DGST. Cette période avait été tout à fait passionnante, je vous la rencontrerai.

Alors que je replace les dossiers dans la boîte d'archives, les bips de fin de cuisson du micro-ondes retentissent. Afin de laisser mon plat s'équilibrer en température, j'en profite pour appeler Bulot au numéro que la préfecture a recueilli.

- Hulot à l'appareil !
- Bonjour, Pochard ; vous m'avez appelé ?
- Oui, je voulais vous remercier des dossiers que vous m'avez fait parvenir.
- Quels dossiers ?
- Je pense que ce sont des dossiers que vous avez dû trouver chez le juge et que vous m'avez transmis !

Ça sent l'embrouille !

- Puis-je passer vous voir ?
- Si vous voulez, vous pouvez passer en fin d'après-midi. Là, je dois partir, j'ai un rendez-vous !
- Dix-sept heures ; ça vous va ?
- Oui : très bien ; je serai de retour. À tout à l'heure !
- À tout à l'heure !

Autant dire que le porc au caramel a du mal à passer !

Assis dans un fauteuil club, fumant un Roméo et Juliette n° 3, je réfléchis à cette histoire.

Jusqu'à aujourd'hui, tout s'était parfaitement bien passé. Depuis la constatation du vol dans l'appartement du juge des Proges ce matin, j'ai la très désagréable impression que quelqu'un a une longueur d'avance sur moi. Je suis un intuitif, et l'expérience m'a prouvé que l'intuition est un bien meilleur signal d'alarme que la raison. Probablement, Descartes n'aurait pas été d'accord avec cette conclusion, mais ça ne me dérange pas outre mesure puisque, arrogance ou fatuité, je ne suis moi-même pas en accord parfait avec ses élucubrations. «Je pense donc je suis» est une inversion de la proposition.

En effet, c'est parce que « je suis » que « je pense » ; « être » étant antérieur à « agir ».

Laissant ces considérations métaphysiques à mon pote Aristote, je passe en revue différents points de l'enquête, mais ne trouve rien qui me permette de relier le vol avec celle-ci. Pourtant, la présence dans le box du juge du dossier à mon nom avec la bouteille de champagne montre que quelqu'un est clairement au courant de tout ce que nous faisons. Comme j'ai une confiance inébranlable en Ata, Ulysse, et Isabelle, cela limite le champ d'investigation. Ceci dit, à part eux, personne n'est au courant, ce qui ne m'aide pas vraiment à trouver une explication. De plus, le gant est comme une signature ; et quand on signe, c'est que l'on veut se faire connaitre !

Je repasse en revue tout ce que nous avons fait depuis le début de la semaine et constate qu'il est 16 h 15. Je dois aller voir Bulot ! Je me prépare et juste avant de partir j'écris sur un post-it de faire vérifier la présence d'un espion dans mon téléphone portable.

Rue César Franck, je frappe à la fenêtre de la loge et le charmant minois (?) de Mme Laspales apparaît. Elle me reconnaît immédiatement et par des ~~grimaces~~ mimiques m'indique qu'elle m'ouvre. Dans le hall, elle est devant sa porte.

- Bonsoir commissaire ; vous voulez du café ?
- Non, Mme Laspales, je vous remercie, pas à cette heure ! Je viens juste voir Mr Bulot.
- Vous pouvez y aller, il est chez lui ! je l'ai vu passer il y a peu de temps.
- Très bien. Je vous souhaite une bonne soirée, Mme Laspales.
- À vous aussi, commissaire.

Au bas de l'escalier, j'hésite une fraction de seconde entre prendre l'ascenseur et monter à pied. Afin de conserver cette forme physique éblouissante qui me caractérise, j'opte pour l'ascenseur ! Au second, la porte de l'appartement est entrouverte et les clés sont restées dans la serrure. J'appuie sur le bouton de la sonnette, mais soit elle ne fonctionne pas, soit son mécanisme est enfermé au fond d'un placard. Je passe la tête par la porte et appelle l'écolo au logis :

- Mr Bulot ! Mr Bulot !

J'entends que quelqu'un remue au fond de l'appartement et notre sympathique écolo télégénique apparaît :

- Vous avez forcé ma porte ? dit-il, étonné.
- Non, elle était ouverte ! Vous avez laissé vos clés dans la serrure !
- Il est vrai que je suis un peu étourdi ! Cela m'arrive souvent d'ouvrir et d'entrer dans l'appartement en oubliant de refermer la porte.
- On a tous nos défauts ! Évitez de vous asseoir dos à la porte si vous ne voulez pas vous retrouver comme le juge avec une brosse dans les cheveux !

Il sourit :

- Puis-je entrer ?
- Bien sûr, excusez-moi !

Il s'efface afin que je puisse pénétrer et m'indique où se trouve le salon. Je me dirige vers la pièce et entends qu'il me suit. Par contre, j'ai l'impression qu'il n'a toujours pas refermé la porte !

- Voulez-vous boire quelque chose ? J'ai des boissons fortes ! Badoit ou san Pellegrino ?
- Peu importe, l'une ou l'autre !

Alors qu'il prépare les verres, j'amorce la conversation :

- Pouvez-vous me préciser quels sont ces dossiers que je vous aurais envoyés ?

Comme il a compris que ce n'était probablement pas moi qui les lui avais fait parvenir, je le sens un peu gêné. Cependant, il se reprend et courageusement dit :

- J'ai reçu un carton d'archives contenant toute une série de documents me concernant. La plupart sont sans intérêt, mais il y en a deux ou trois dont je ne suis pas spécialement fier.

- Soyez plus précis !

- Il y a notamment un document qui démontre que j'ai omis de déclarer des revenus pour une émission de découverte pour la télévision. Comme vous le savez, j'avais l'habitude d'utiliser des transports un peu originaux pour documenter mes reportages. Dans le cas en question, j'avais traversé les quartiers ouest de Paris, principalement le 16ᵉ en ULM. À l'époque la région était trop dangereuse, pour qu'on puisse envisager de la traverser à pied ou en jeep. C'était une époque où j'avais des revenus qui provenaient de nombreuses sources et, dans le tas, j'ai oublié de déclarer cette prestation. Ce n'était pas intentionnel et quand je m'en suis aperçu j'ai décidé de verser l'intégralité de la somme à une association écologiste afin de financer des recherches sur la toxicité du glyphosate sur la drosophile. Croyez-moi, je n'avais nullement l'intention de frauder le fisc !

Un silence…

- Il y a également deux témoignages pour harcèlement sexuel ! Ils proviennent de la même personne, mais comme je l'ai épousé depuis, je pense qu'il y a prescription !

- C'est tout ?
- Oui, le reste est en relation avec mes activités pour la télévision, mais comme tout est parfaitement légal, ces documents n'ont pas beaucoup d'importance.
- Pouvez-vous me les montrer ?

Après une seconde d'hésitation, il dit :

- Je vais les chercher !

Immédiatement, je reconnais l'écriture sur la boîte. Il s'agit effectivement d'un des dossiers du juge des Proges. À l'intérieur, certains des feuillets portent des Post-it avec des indications manuscrites. Je ne sais pas si ces documents proviennent de l'appartement du juge ou du box de la rue Pérignon. J'opterais plutôt pour le box ! Cela veut dire que ceux qui ont commis le cambriolage connaissent tous les protagonistes de l'histoire. Même s'ils ont des pratiques de monte-en-l'air, ils ont en même temps une élégance qui est devenue plutôt rare à notre époque. Je me tourne vers lui et dis :

- Il n'y a pas de doute, ces documents proviennent bien de chez le juge des Proges. Par contre, ce n'est pas moi qui vous les ai fait parvenir. Vous devez être sympathique aux yeux de celui qui les a récupérés.
- Mais alors, que dois-je en faire ?
- Détruisez ceux qui n'ont pas d'intérêt ! Conservez éventuellement ceux qui concernent les deux affaires dont vous m'avez parlé. Gardez précieusement les documents qui justifient du don auprès de l'association. Si un jour on vous demande de vous justifier, au moins vous pourrez le faire. Vous écoperez peut-être d'un redressement, mais vous devriez échapper aux pénalités !

Je réfléchis un instant en feuilletant les documents et ajoute :

- Dites donc ! Question harcèlement, vous y allez fort ! Je vois dans ces documents que vous lui avez payé des cafés au distributeur à quatre reprises. Ensuite, vous lui avez offert trois fois des fleurs, et pire, vous l'avez invitée six fois à dîner ! Tout cela sur une période de six mois ! Vous avez de la chance ; aujourd'hui pour des faits similaires vous iriez en prison. Peut-être devrais-je interroger votre femme ?

Il me regarde, étonné, et comprend immédiatement la plaisanterie. Il ajoute :

- Ah, non ! surtout pas ! Elle serait capable de porter plainte !

Quelques instants après, une jeune femme entre dans la pièce en disant :

- Nicolas, tu as encore oublié tes clés !

C'est à ce moment qu'elle me remarque. Elle se dirige vers moi en me tendant la main et dit :

- Je vous prie de m'excuser, je n'avais pas vu que vous étiez là ! Mme Hulot !
- Commissaire Pochard. Rassurez-vous, je ne suis pas là pour des raisons professionnelles !

Je me tourne alors vers l'aérostier et dis :

- Merci pour votre accueil. À bientôt !

Je me tourne alors vers sa femme :

- Mes hommages, Mme !

L'adepte d'ULM me reconduit à la porte où nous nous saluons d'un geste de tête complice. Quand je suis sur le palier, j'entends distinctement qu'il referme la porte. Pour une fois !

En rentrant chez moi, je repense à toute cette affaire. Même si elle a été rondement menée, elle me laisse un goût amer. En effet, il y a trop d'inconnues. C'est pire que la résolution de l'équation de Schrödinger pour un atome d'hémoglobine ! Finalement, le décès du juge est presque ce qu'il y a plus simple. Il est mort de mort naturelle, un point c'est tout ! Par contre, pour les meubles de l'appartement et les dossiers du box de la rue Pérignon, là on est en eaux troubles.

J'ai l'intuition que ces deux parties sont liées, et que le lien est constitué par une personne qui connait parfaitement tous les protagonistes. Pourquoi m'a-t-il laissé le dossier à mon nom et fait parvenir le sien à Bulot ; je n'en ai pas la moindre idée ! La seule certitude, c'est qu'il souhaitait ou nous rassurer, ou nous donner confiance. Comme je suis un policier à l'esprit tordu, il est tout à fait possible qu'il ait conservé des éléments beaucoup plus toxiques et qu'il les ressorte à la première occasion. Cependant, au fond de moi-même, je n'y crois pas. Il y a une autre chose dont je suis également convaincu ; c'est que je le retrouverai sur mon chemin ! Avec la masse d'informations explosives qu'il doit y avoir dans les dossiers du juge, je doute que ce soit avant bien longtemps.

Arrivé près de chez moi, je suis beaucoup plus serein. Je suis certain que cette affaire est terminée et que s'il n'y a pas de happy end, il n'y aura pas d'autres rebondissements.

Cependant, comme à chaque fin d'enquête, un sentiment de malaise m'envahit !

22. This is the end !

C'est difficile de se retrouver en fin d'enquête. L'intensité dépensée les jours précédents, même si tout en apparence semblait assez relax, fait qu'à la fin je me sens complètement vidé. Je cherche désespérément quoi faire en cette soirée précédent un repos dominical bien mérité. C'est un des avantages de la DAAC, comme on ne court pas après un coupable, on ne se fatigue pas trop et les horaires sont cools.

J'aurais bien regardé la télévision, mais en l'absence de programme (les critiques de Télérama m'empêchent de voir les films que j'aime), je risque d'arrêter de zapper sur le premier film avec de Funès, ni vu ni connu (ou un des Fantômas), alors que deux chaînes plus loin il y a un chef-d'œuvre avec Belmondo du type flic ou voyou. J'ai cependant tendance à ne plus regarder de films policiers, car ils sont tellement proches de la réalité qu'en les regardant, j'ai l'impression d'être au boulot. Comme détente, on fait mieux !

La drague au Carrefour City est une possibilité, mais franchement elle ne me tente que peu. Je fais une fixation sur la petite brune et si elle n'est pas là, je serai déçu. Out de la liste.

J'aime bien me balader dans les rues de Paris, mais je ne suis pas un ours polaire et en cette période entre Noël et le jour de l'an, la température proche de celle de l'azote liquide me décourage. Une croix dessus.

J'ai également l'option d'aller dîner (et picoler) en amoureux avec moi-même dans un restaurant du quartier. Malheureusement, je ne m'aime pas assez pour que ce soit un plaisir. Je mets quand même cette possibilité de côté.

Puisqu'on parle boissons, je peux toujours aller dans un des clubs du quartier et m'anesthésier à force de cocktails qui vous filent un coup sur la tête, non pas à cause de leur teneur en alcool, mais à cause de leur prix. L'ennui, c'est que la plupart des clubs du quartier ont une spécialité. Il y a les clubs LGBT. Le problème, c'est que je ne suis pas lesbien (même si j'aime les femmes), pas gay (mais toujours doté d'une nature joyeuse !), pas bi (sauf peut-être durant de rares épisodes schizoïdes) et pas du tout trans (ça jamais ! ça fait mal !). Du coup, les lesbiennes me regardent comme un macho, les gays comme si j'étais une gonzesse, les bis comme si j'étais la moitié de quelque chose et les trans comme un déballonné qui a peur des bistouris. Bref, c'est difficile de se sentir rejeté et j'y renonce pour l'instant.

Il y a bien les clubs échangistes, mais là aussi je pars avec un handicap. Que puis-je échanger en y allant seul ? Surement pas ma Dyna Panhard, j'y tiens trop ! Dans le pire des cas, je risque d'y rencontrer un couple dont le mec voudra me refiler sa nana parce qu'il en a marre des scènes de ménage. Mais subir à la place d'un autre des reproches toute la soirée, je crois que je n'en meurs pas d'envie ! Quant à se faire une soirée scène de ménage, autant faire ça avec son propre conjoint ; au moins on sait ce que l'on a.

En marchant dans les rues tout à mes pensées, je m'aperçois que je suis arrivé place des Ternes. Tout d'un coup, avec l'animation du lieu, un peu de vie émerge et je perds immédiatement cette sensation désagréable de vivre sur une planète déserte. Je rentre à la Lorraine et un perroquet endimanché s'approche de moi.

–   Bonsoir Mr, une table ?

–   Oui, une seule suffira ; je suis seul !

Il me dirige vers un des angles de la terrasse couverte et m'installe à une table de quatre. J'en conclus qu'il y a peu de clients ce soir ; mauvais endroit pour une rencontre !

Je suis à peine assis qu'un représentant gastronomique me sort les banalités d'usage en me tendant une carte reliée plein cuir aux armes de la Lorraine ; la croix et tout… Il s'éloigne pour me laisser le temps de savourer par avance les plats précieux imprimés dans un semblant d'écriture manuscrite sur la partie gauche de la page et un chiffre en regard sur la partie droite. J'opte pour un carpaccio de daurade royale au citron caviar suivi d'un poulpe grillé aux câpres et olives taggiasche (c'est quoi… ça ? Je ne sais pas, mais je n'ose pas demander). Pour la suite, j'hésite entre la tarte aux fraises et framboises fraiches et les crêpes flambées au Grand Marnier.

Je décris mes choix au technicien de commandes culinaires qui est revenu entre-temps et lui précise que je déciderai après pour le dessert.

–   Et pour la boisson, me demande le loufiat ?

–   Je ne sais pas.

–   Je vous envoie le sommelier.

–   Merci !

Conversation absolument passionnante ; je ne regrette pas d'être venu !

En attendant, je tourne les pages de la carte des vins et hésite entre un Mercurey Premier cru et un Saint Aubin « La Pucelle ». Comme d'habitude ; il n'y a pas de Pauchard !

L'idée de passer la soirée avec une pucelle qui ne soit pas d'Orléans me coupe la soif et j'opte pour le Mercurey, ce que j'indique à l'échanson quand il arrive. Après une brève approbation sur mon choix pertinent, l'œnologue repart vers sa cave. Quelques instants après, permettant habituellement à toute femme d'aller se refaire une beauté et surtout de se laver les mains[89], il revient de la cave, non pas couvert de toiles d'araignées, mais avec une bouteille. Très consciencieusement, avec son couteau de sommelier, il se prépare à la bouchonnectomie[90].

Artistiquement, il découpe la bague d'un geste circulaire autour du goulot et retire la capsule. D'un mouvement expert, il place ensuite la pointe de la spirale au centre du bouchon et, en imprimant un mouvement rotatif dans le sens des aiguilles d'une montre, fait pénétrer la tige métallique dans le cylindre de liège. Puis, d'une main assurée, il pose la bouteille sur la table, incline le limonadier de la main droite de façon à appuyer la petite lame sur le col de la bouteille, qu'il maintient avec la main gauche. De la main droite, il soulève le couteau en effectuant une traction sur la partie la plus éloignée de la bouteille. Dans ces conditions, le moment de la force est maximum et l'effort pour ôter le bouchon est considérablement réduit[91].

Le radin ne me sert qu'un fond de verre pour que je le goûte ! Après l'avoir regardé, brièvement senti, je le mets en bouche et garde le nectar merveilleux quelques instants, sous, dessus, à droite et à gauche de ma langue, façon dégustation sensorielle. Ne trouvant aucun endroit propice où le cracher, hormis le pantalon du sommelier, je décide de l'avaler !

---

[89] Ce soir, je n'ai ni envie d'une miction fugace ni de me laver les mains !

[90] Néologisme de mon cru, particulièrement adapté comme terme œnologique.

[91] Pour ceux qui ne seraient pas convaincus, voici la formule qui s'applique : $M = F \times d / 2\theta$, ou M est le moment de torsion, F, la force appliquée sur le manche du tire-bouchon ; d, la distance de la position de la main par rapport à l'axe de torsion, et θ, l'angle de rotation !

– Très bien, lui dis-je, feignant d'être un émérite chevalier du tastevin.

Il remplit mon verre à moitié ; il est vraiment radin ! Il s'éloigne en me laissant seul à mes rêveries.

À certains moments, je me plais à imaginer la vie sur terre s'il n'y avait que moi, situation qu'Adam et sa co-côte[92] ont bien connue. Finalement, le fait qu'elle n'ait pas encore croqué le fruit de l'arbre de la connaissance du bien et du mal laisse supposer de sa part une absence totale de jugement. Ne plus avoir à définir ce que sont le bien et le mal me semble tout à coup un bonheur sublime. Ma pensée dérive et je me pose cette question fondamentale ; qu'est-ce qui est bien et qu'est-ce qui est mal ? J'avoue, la réponse n'est pas évidente et je commence à comprendre pourquoi depuis les présocratiques jusqu'aux philosophes contemporains cette interrogation a été récurrente. Probablement, seule Adèle[93] possède la réponse. Alors, s'il y a des choses qui semblent, je dis bien, semblent être bonnes et d'autres qui semblent être mauvaises, tout ça ce soir me semble (encore une fois ? Ça fait quatre dans la même phrase !) bien relatif. Je m'étonne quand même que certains puissent décider de façon absolue de ce qui est bien et de ce qui est mal. Avoir des certitudes sur bien des sujets relève de la grâce divine, bien que je pense, mais cela n'engage que moi, que cela signe davantage la maladie mentale. Je suis admiratif de ces personnes qui de façon incontestable se sentent capables de le faire. Prenons un exemple au hasard qui a le mérite d'être récent. Le Sénat de l'Alabama vient de voter une loi qui criminalise l'avortement, même lorsqu'il est consécutif à un viol ou à un inceste. Je ne

---

[92] C'est juste pour rappeler qu'Ève est issue de la côte d'Adam.

[93] Van Reeth, animatrice de l'émission philosophique « Plus belle la vie ».

peux que me sentir qu'humble devant cette capacité d'imposer aux populations féminines à venir des sanctions suite à un avortement dans ces conditions. Il est vrai que les sénateurs de l'Alabama, en majorité des hommes âgés (mais certainement tous capables de commettre un viol ou un inceste) et deux ou trois femmes (qui en cas de viol ou d'inceste n'auraient pas besoin d'avoir recours à un avortement, compte tenu du fait qu'elles sont largement périmées) sont tout à fait qualifiés pour prendre ce type de décision.

Pour oublier cet exemple de dérive de la civilisation occidentale contemporaine, je vide mon verre de Mercurey. Je me sens soudain très triste pour ces pauvres femmes qui, non seulement auront subi un viol ou vécu un rapport incestueux, mais qui, de plus, se verront contraintes d'élever des enfants qui auront la gueule des sénateurs de l'Alabama. Je suis bien content que le groom apporte l'entrée pour éloigner de mon esprit cette vision d'apocalypse !

Je déguste mon carpaccio de daurade avec un immense plaisir, ce qui me permet de sortir totalement des turpitudes du viol et de l'inceste en Alabama.

Le bedeau m'apporte ensuite mon plat de poulpe grillé aux câpres et aux olives comme un Saint-Sacrement. Je ne pense plus ; la béatitude m'envahit ! Le poulpe est très tendre, délicieusement grillé en surface et sa texture ne ressemble en rien aux malabars de mon enfance. Il est vrai que mal cuit, le poulpe et le calamar peuvent très rapidement ressembler à un exercice de musculation des temporaux, des masséters et des ptérygoïdiens plutôt qu'à la dégustation d'un mets délicat. Seules les synapses impliquées dans le plaisir du goût démontrent encore chez moi une activité, alors que toutes les autres sont anesthésiées ; en clair, je suis un décérébré en train de manger !

À la fin du plat, le monde recommence à exister et je constate que la salle s'est progressivement remplie. Non loin, la petite brune est assise à une table avec un jeune homme qui n'est pas celui du supermarché. À aucun moment, elle ne jette un œil vers moi tant elle est occupée à souler son partenaire.

Heureusement, le domestique arrive pour me demander si je souhaite un dessert.

   –   Oui, lui dis-je. Je vais prendre des crêpes flambées au Grand Marnier… et un café.

   –   Très bien, me répond le majordome.

Lorsqu'il revient et qu'il gratte l'allumette, les deux crêpes au fond de l'assiette sont terrorisées par l'explosion des vapeurs d'alcool au contact de la flamme. Lorsque l'incendie se termine spontanément, je constate que les deux crêpes gisent, flasques, les yeux tristes au fond du plat, les bords légèrement racornis.

J'ai à peine terminé de savourer les crêpes que le prélat m'apporte mon café, tel un vin de messe. Je porte le calice à mes lèvres et sirote le jus sucré jusqu'au marc, le regard rivé devant moi, l'esprit dans des pensées inavouables.

C'est à ce moment que je ressens un regard posé sur moi. La petite brune me regarde fixement et je comprends qu'elle m'a reconnu. Au moment où je tourne la tête vers elle, elle exprime un léger sourire qu'elle pense invisible à son partenaire, puis retourne brusquement à sa logorrhée en m'évitant. Même s'il a été bref, son regard était appuyé et j'ai senti de la chaleur dans ses yeux.

C'est à ce moment que le problème de la discrimination du bien et du mal me revient en mémoire ; dois-je aller à sa table et lui dire ?

   –   Je vous prie de bien vouloir m'excuser, je suis commissaire de police ; je viens de vous reconnaître et j'ai des questions importantes à vous poser au sujet de mon enquête.

Sentence à l'évidence peu crédible un vendredi soir dans une brasserie telle que la Lorraine.

Ou alors, ne rien faire et tenter seulement de capter à nouveau son regard et de sentir mon cœur et mon âme se réchauffer si elle me fait un sourire.

J'opte pour la seconde ! Pour payer l'addition, d'un signe de tête, j'attire l'attention du sacerdote et d'un geste de la main lui fais comprendre que je veux écrire, ce qui dans toutes les langues du monde signifie « je souhaite régler », ou « le compte » ou « Combien ? ». Évidemment, il y a toujours la possibilité de partir en courant, mais comme la grivèlerie a disparu de la liste des délits mineurs, cela rend cette action beaucoup moins amusante.

Une fois mon addition réglée, je me lève et contourne la petite brune en laissant ma main effleurer latéralement son dos. Aucune réaction de retrait de sa part, pas même la plus petite réprobation ! Au contraire, je sens qu'elle appuie son dos contre ma main pour mieux la sentir. Clairement, notre prochaine discussion au Carrefour City ne portera pas sur les plats bios.

Je rentre lentement chez moi par l'avenue de Villiers et la fraîcheur de la nuit me fait comprendre que l'heure de l'arrivée du sommeil n'est pas pour bientôt.

23. La petite Marie.

Ce dimanche matin, je me réveille tôt et comme j'ai passé une nuit plutôt agitée, je décide d'aller prendre mon petit-déjeuner au café. La synchronicité des événements de la fin de cette affaire me surprend. Comment ont-ils su quand il fallait procéder au vol ? En plus, compte tenu des objets volés, il y en a probablement pour une somme importante. Ils savaient donc que ce serait rentable. Je ne suis pas un partisan convaincu du hasard et je ne trouve aucune explication permettant de faire un lien entre les deux affaires. Bon, de toute façon, ce n'est ni un homicide ni une affaire qui intéresse la sécurité de l'État. À mes collègues de faire leur travail !

Je prends mon petit-déjeuner en terrasse, car il fait exceptionnellement beau. En lisant le journal, je note un article qui me fait sourire. Mediapart a publié des documents tout à fait officiels et confidentiels, provenant d'une source sure, mais non divulguée (protection des sources oblige), mettant en cause l'intégrité et la probité de certains membres de l'opposition. L'article indique que la vérification de ces documents est en cours et qu'il s'agirait d'une escroquerie sur un marché public portant sur un montant très élevé.

Si dans certaines circonstances exceptionnelles le hasard peut jouer un rôle, dans ce cas-là, je n'ai aucun doute ; il n'y est pour rien ! Ce qui est dévoilé dans le journal faisait partie des dossiers que j'ai remis la veille même à Enguerrand. Je considère cependant que c'est une pure coïncidence, ce qui me permet d'éviter d'avoir à porter un jugement sur une personne que par ailleurs j'apprécie. Cela m'évitera de plus quelques séances d'analyse de 26 s, 4/10 ^{ème} chez un émule de Jacques[94].

Arrivé chez moi, je cherche dans le bric-à-brac de ma penderie une boîte à chaussures qui soit en bon état et n'exhale pas une odeur de cirage, ou pire… J'ouvre la boîte entourée du ruban adhésif des scellés et transfère les liasses de billets dans la boîte à chaussures. Je la ferme avec un sandow que j'ai pris dans mon coffre et la place dans un sac en plastique pour la transporter. Je m'habille de façon un peu sportive et descends dans mon parking. Le sac sur le siège passager, je démarre et me dirige vers la rue César Franck.

La circulation est fluide en ce dimanche matin. De plus, le ciel est d'un bleu totalement pur et un magnifique soleil éclaire la capitale. Il fait presque doux, une température inhabituelle en cette saison. Comme je suis arrivé un peu tôt, je traine dans les rues complètement désertes de ce coin du 15e qui parodient celles du 7e voisin. Ici, même les cafés sont fermés. Je m'extasie devant une boutique qui ne vend que des chaussettes rouges et qui porte ce nom. À 10 h 55, je suis devant l'immeuble du juge des Proges et frappe à la fenêtre de Mme Laspales qui m'ouvre immédiatement. Je prends l'ascenseur après lui avoir indiqué que j'allai voir Marie.

Au 6e, je frappe à sa porte et celle-ci s'ouvre immédiatement.

– Bonjour Mr le Commissaire.
– Bonjour Mme Marie.

---

[94] Lacan, pour les intimes.

Elle s'efface pour me laisser entrer et me propose de m'asseoir sur une petite chaise. Il y a peu de place et elle-même s'assied sur le lit.

  – J'ai reçu une lettre du juge des Proges qui contient un bail en bonne et due forme pour le studio qui se trouve plus loin dans le couloir. Je suis étonnée, car jamais il ne m'a parlé de me le louer. Ce qui est le plus surprenant, c'est que le montant du loyer est très faible. Il ne me demande que 200 €/mois. Ça ne correspond pas vraiment au personnage que j'ai connu.

  – Je suis au courant pour le bail, lui dis-je. Lors des perquisitions que nous avons effectuées durant l'enquête, nous en avons trouvé une copie signée par le juge des Proges. Il est parfaitement légal. Cependant, comme il n'est pas encore signé par vous-même, il peut être contesté. C'est une des raisons de ma visite d'aujourd'hui.

Je sors de mon sac l'exemplaire dont j'étais en possession, ainsi qu'un petit trousseau de clés dont j'ai vérifié qu'elles ouvraient bien la porte du studio.

  – Je vais vous demander de signer le bail et de commencer à mettre quelques-unes de vos affaires dans le studio. La proximité de cette signature avec les événements tragiques qui se sont produits peut faire que son fils conteste la validité du bail. Je suis néanmoins convaincu que même si le juge des Proges avait un comportement inqualifiable vis-à-vis de vous, pour une raison que j'ignore, il a quand même souhaité vous assurer un mode de logement qui vous permette de terminer vos études. Vous pouvez signer sans problème les deux exemplaires du bail ; celui que vous avez reçu et celui que j'apporte !

– Vous êtes sûr ; me demande-t-elle ?

– Oui absolument, j'en suis certain ! Et dois-je vous rappeler que je suis de la police ?

Elle sourit, prends un stylo bille et signe les deux exemplaires du bail. Je lui fais remarquer qu'elle doit également parapher chaque page, ce qu'elle fait immédiatement. Je prends un des deux exemplaires que je plie en deux et le glisse dans la poche de mon veston. Je lui laisse le second en lui disant de le conserver précieusement, car il est probable que le fils du juge des Proges va le lui demander. Je lui indique également :

– En fait, je suis venu ce matin pour deux raisons ; la première c'était le bail, car je voulais m'assurer que vous n'auriez pas de problème dans le futur. La seconde est plus délicate. Je voulais vous remettre ceci.

Je lui tends le sac en plastique qui contient la boîte à chaussures. Elle est un peu surprise par le contenu (une boîte à chaussures d'homme) et par le poids et me regarde interrogative :

– ???????

Je lui dis :

– Ouvrez la boîte, ça ne va pas vous manger !

Elle sort la boîte qu'elle pose sur la table et défait le sandow. Elle l'ouvre et remarque immédiatement la masse des billets. Elle tourne les yeux vers moi et je vois passer dans son regard une sorte de tristesse et de déception. Immédiatement, je comprends ce à quoi elle pense ! Elle s'imagine qu'il y a une contrepartie physique à ce cadeau !

Je la regarde doucement, presque avec tendresse, et lui dis :

– Non, rassurez-vous, il n'y a pas de contrepartie.

Un silence, je me reprends et j'ajoute :

– En fait, si, il y en a quand même une, mais ce n'est pas celle à laquelle vous pensez ! La seule contrepartie est que vous ne parliez jamais à personne de cela. Si vous dites que c'est moi, je le nierai.

Elle regarde le contenu de la boîte et me dit :

– Je ne peux pas accepter ; c'est une somme très importante !

– Mademoiselle (ça y est, ça m'a échappé), ce dégoûtant personnage vous a fait vivre des choses qu'une jeune femme ne devrait jamais subir. Vous allez peut-être trouver mon sens de la morale un peu étrange, mais je pense qu'il vous devait un dédommagement. Cet argent, que nous avons trouvé dans son appartement, aurait probablement servi à des choses totalement illicites, et mon sens de la justice, s'il s'agit bien de cela, a décidé que cela vous revenait. Cela vous permettra de terminer vos études en toute sérénité. Je suis convaincu que c'est l'avis de tous les habitants de l'immeuble, bien qu'ils ne soient pas au courant. Vous le méritez ! Par contre, il y a un détail important ! Vous ne pouvez pas mettre en banque une telle somme en une seule fois.

– Comment dois-je faire alors ?

– C'est simple, cachez la boîte dans votre appartement et n'informez personne de sa présence. Aux environs de la fin de chaque mois, mettez en banque des sommes de 200 € à 400 €. Aux fêtes nationales, vous pouvez augmenter cette somme jusqu'à environ 1000 €. De même, quand c'est votre anniversaire. Indiquez nonchalamment au banquier que c'est ce que vous économisez sur ce que vous donnent chaque mois vos parents. Indiquez également que quand il y a une fête, vous avez droit à un petit extra.

– Je ne sais vraiment pas si je peux accepter ? dit-elle, gênée.

– Si, vous le devez, sinon je vous fais arrêter pour obstruction à la justice, dis-je en souriant.

Elle me sourit et je sens une gêne monter en moi. Je me lève et lui dis :

– Je dois y aller et je sais que vous avez un rendez-vous. N'oubliez pas de commencer votre déménagement aujourd'hui même de façon à ce que personne ne puisse contester votre occupation des lieux. Placez-y juste quelques affaires avant de partir de manière à faire acte de propriété.

Elle se lève, me regarde, et avec beaucoup de tendresse et de simplicité elle cherche à m'entourer de ses bras tout en se serrant contre moi. Compte tenu de ma taille, elle n'est pas près d'y arriver ; mais elle est si douce que je n'ai pas envie de l'en dissuader.

Je m'enfuis plus que je ne la quitte et suis heureux de me retrouver dans la rue au soleil.

Je décide de marcher un peu sur l'avenue de Breteuil. C'est une belle journée et j'ai terminé tout le travail en retard. Même si le fait que le box du juge ait été vidé reste un problème que je dois résoudre, il fait trop beau pour que je m'en occupe maintenant.

De plus, aujourd'hui, je vois ma compagne de cœur.

Je ne la vois pas souvent, mais aujourd'hui son mari n'est pas là !

Épilogue

Nous n'avons jamais retrouvé les voleurs qui ont vidé l'appartement du juge des Proges. Les informations qu'Andrésy nous a fournies nous ont aidées à retrouver les véhicules, mais ils étaient vides et sans une empreinte qui permette d'identifier ceux qui les avaient utilisés. La déposition du fils du juge des Proges ne nous a pas permis non plus d'identifier ceux qui l'avaient emballé dans un tapis et vidé le box de la rue Pérignon.

Il y a eu pendant quelque temps une augmentation des transactions sur les objets 1925/1930 sans que l'on puisse pour autant avoir la certitude qu'il s'agissait d'objets du juge. En effet, si ce qu'il possédait était de grande qualité, il ne s'agissait pas de pièces uniques aisément identifiables. De même, pour les bronzes, car aucune particularité permettant de les caractériser n'a pu être fournie par le fils du juge. Le dossier a été classé, faute de preuves.

Le vol du contenu du box, je ne l'ai pas signalé ! J'ai conservé le dossier me concernant en ayant soin de détruire ce qui était vraiment dangereux, plus pour d'autres que pour moi-même. J'ai bu le champagne avec la petite brune du supermarché. Notre histoire n'a duré que ce que durent les bulles, mais elle a été chouette. J'ai placé le gant dans un sous-verre, en conservant la manière dont il avait été plié. Je suis certain qu'un jour proche je saurai pourquoi quelqu'un m'a fait ce cadeau.

Raoul d'Andrésy a rejoint la DAAC très peu de temps après cette période. Je ne sais pas comment il s'est débrouillé, mais une à deux semaines après l'affaire du juge, Enguerrand est passé dans mon bureau en me disant qu'on nous affectait un nouvel enquêteur « d'une très grande qualité ». Quelle n'a pas été ma surprise lorsque j'ai vu arriver Raoul quelques heures plus tard avec une détermination sans faille et son élégance à la limite de l'arrogance. Ata, le petit Bussard et Isabelle l'ont immédiatement adopté. Après quelques semaines, j'ai même commencé à avoir l'impression qu'ils le considéraient davantage comme le chef de la division que moi-même. Bizarrement, celui du groupe qui manifestait le plus de respect à mon égard était Raoul lui-même, si bien qu'après quelque temps, il avait acquis une totale marge de manœuvre et notre relation professionnelle s'est progressivement transformée en une forme d'amitié. Une amitié certes un peu bizarre, comme vous pourrez en juger lorsque le temps me permettra de vous raconter nos aventures communes. Elles ont été nombreuses et pleines de péripéties.

Grâce à ses qualités indéniables, et également aux dossiers sulfureux que je lui ai remis au cours de ces dernières années, Enguerrand est devenu ministre de la Justice. Il a beaucoup œuvré pour faire installer à la tête de la Préfecture Mr Lenormand, un homme remarquable par ses compétences et sa simplicité, et qui, connaissant la relation particulière que j'ai avec Enguerrand, est toujours avec moi d'une gentillesse et d'une prévenance qui n'ont pas fait que des heureux parmi mes collègues.

Je n'ai jamais revu Marie, mais environ deux ans après, un mardi matin durant les informations à la radio, j'ai entendu parler d'un attentat terroriste dans un orphelinat au nord Mali. De nombreux enfants avaient été tués, ainsi que trois membres d'une organisation non gouvernementale, dont un médecin. Les noms des victimes n'ont pas été mentionnés, mais par une sorte d'intuition, j'ai compris que j'étais touché. Peut-être par une sorte de refoulement, je n'ai pas pensé à Marie à ce moment-là. Ce n'est que le soir, rentré chez moi, que j'ai regardé le journal télévisé sur France 3, après 10 heures. Les images montraient le lieu avant l'attentat. On y voyait ces très jeunes enfants, amaigris, pris en charge par des membres de l'ONG. Ce n'est qu'à la fin du reportage que les trois visages des victimes adultes se sont affichés. Marie était médecin du groupe. Elle avait 28 ans.

Le lendemain matin j'ai téléphoné au bureau et j'ai prévenu que je ne viendrai pas ; j'avais une grippe de circonstance. Toute la semaine, je me suis trainé, chaque action a été un effort, mais progressivement, j'ai remonté la pente.

Le dimanche matin qui a suivi, quelqu'un a sonné à ma porte. J'ai ouvert et me suis retrouvé face à un beau jeune homme qui me regardait d'un air triste. Il m'a dit :
- Commissaire Pochard ?
- Oui.
- J'étais le compagnon de Marie. J'étais avec elle jusqu'à la veille de l'attentat où je suis rentré en France. Comme elle savait que je revenais à Paris, elle m'a confié ce carton et une lettre pour que je vous les remette ; dit-il en me les tendant.
- Voulez-vous entrer un instant ? dis-je en les prenant.
- Non, je vous remercie, me répond-il la gorge serrée et en s'éloignant.
Je suis heureux de n'avoir rien à dire !

Un peu plus tard, je suis dans mon canapé. Le carton, sur le sol, contient 45 000 € en billets.

La lettre de Marie est sur la table basse.

Elle ne contient que quelques mots d'une écriture délicate :

« Mr le Commissaire,

Je sais ce que je vous dois. Le bail est de votre fait et le reste aussi…

Ce reste m'a permis de faire ce que j'ai toujours souhaité ; apporter un peu de bien à ceux qui n'ont rien, en échange de ce que j'ai reçu alors que je ne demandais rien. Je vous le retourne : je l'ai utilisé et maintenant je peux vous le rendre. Il m'a bien aidé.

Parmi les personnes que j'ai rencontrées, vous avez été une sorte d'ange gardien discret.

Vous n'avez jamais cherché à me revoir et je l'ai souvent regretté.

Aujourd'hui je souhaite seulement vous dire un mot, car j'ai le pressentiment que je ne pourrais jamais vous rendre toute la bonté dont vous avez fait preuve à mon égard.

Ce mot c'est Merci.

Marie »

J'ai alors compris que j'aimais cette jeune femme. De cet amour dont parle Socrate, décrit dans le banquet de Platon, et qui a quelque chose de divin. Comme on aime quelqu'un qui ne nous appartient pas, que l'on ne peut pas posséder, mais qui est comme la force de gravité à laquelle on n'échappe jamais, amour éternel et réciproque, immatériel et silencieux, unique à deux êtres.

Je me suis alors souvenu que lorsque je l'avais vu Marie pour la première fois, j'avais été frappé par sa ressemblance avec l'Annunciata d'Antonello de Messine.

Aujourd'hui, je sais que c'était elle l'Annunciata !

Remerciements.

Je voudrais commencer ces remerciements en apportant le témoignage de ma profonde gratitude à l'inventeur de la théorie du complot, qui depuis l'origine des temps jusqu'à nos jours, permet à n'importe qui de dire ou écrire n'importe quoi et qu'il y ait toujours quelqu'un qui soit persuadé que c'est vrai. C'est seulement pour la forme que je précise que la Division des Affaires à Classer n'existe que dans mon imaginaire et que s'il y a une ressemblance évidente avec certains personnages vivants ou ayant vécu, les propos qu'ils tiennent sont de ma seule invention. Ne leur en tenez donc pas rigueur ! Dans beaucoup de cas, ils apparaissent dans ce texte parce qu'ils me sont sympathiques. Quelques rares qui me le sont moins apparaissent également ; vous les reconnaîtrez aisément.

Je voudrais également remercier les nombreux amis à qui j'ai demandé d'avoir une lecture critique de cette histoire, et qui, avec beaucoup de délicatesse, refusent maintenant de répondre à mes appels téléphoniques et à mes mails.

Un grand merci également à J-P F. qui m'a retourné le manuscrit avec des pages déchirées et des traces brunâtres qui ne laissaient aucune place au doute quant à leur utilisation. Qu'il soit remercié pour cet acte de recyclage citoyen en faveur de l'environnement.

Que tous reçoivent ici l'expression de ma profonde reconnaissance.

Je suis également extrêmement redevable à mon jeune fils qui m'a gentiment indiqué qu'il avait lu quelque part que si on fournissait une machine à écrire à un singe, la probabilité qu'il écrive un texte cohérent, bien qu'extrêmement faible, n'était pas totalement nulle. Avec cette sensibilité qui lui est propre, il m'a confirmé que pour le prochain roman, il fournirait le primate si j'apportais la machine !

Je voudrais également exprimer toute mon affection à mon épouse qui a constamment su me rappeler que passer l'aspirateur, faire la lessive, réparer les poignées du meuble de la cuisine et laver la vaisselle sont des actes qui relèvent davantage du rituel que des tâches domestiques. Les accomplir nous permet de rester en contact avec le réel et nous évite ainsi de compromettre notre santé mentale dans des divagations relevant de la psychiatrie. Je lui suis également très reconnaissant d'avoir accepté un moratoire à la demande de divorce qu'elle avait déposée suite à la lecture de mon manuscrit.

Enfin, je voudrais par avance remercier les quelques rares lecteurs qui voudront bien acheter cet ouvrage et qui ne feront pas suivre sa lecture par des propos haineux sur les réseaux sociaux.

Table des Matières

À propos de l'auteur.

Qui se cache derrière Hubert de Pochard ?

Passionné dès l'enfance par les sciences de la nature, l'électronique et la philosophie, il a initialement opté pour des études de biologie et de chimie. Il s'est ensuite spécialisé en immunologie.

Tout d'abord chercheur à Institut National de la Santé de la Recherche Médicale (INSERM), puis dans un laboratoire de l'industrie pharmaceutique, il a terminé sa carrière scientifique dans la conception de solutions informatiques à visée médicale.

En parallèle à son activité professionnelle, il a maintenu et développé son intérêt pour la philosophie et les formes traditionnelles orientales et occidentales.

Il partage maintenant son temps entre l'écriture à Paris, dans la campagne française et en Italie.

Vous pouvez envoyer vos compliments et remarques agréables à l'adresse mail suivante : hubert@hubertdepochard.fr et vos critiques à : poubelle@hubertdepochard.fr.

www.ingramcontent.com/pod-product-compliance
Lightning Source LLC
LaVergne TN
LVHW050901200726
843508LV00011B/2075